Oltre Orione:
Un agghiacciante Romanzo di Mistero, Suspense e Orrore Cosmico

H. Phillips

"Pensiamo di poter immaginare le meraviglie e i segreti del cosmo, ma quando guardo fuori dal finestrino dell'astronave dello spazio profondo, penso tra me e me: caspita, mai nei miei sogni più sfrenati potrei anche solo immaginare cosa si nasconde sotto quel pianeta oscuro verso cui stiamo andando, spero che la morte non sia lì ad aspettarci". Tenente Mark

Prefazione

Anno 2078. Ciò che in teoria avrebbe dovuto essere una semplice missione al pianeta minerario 14 nella costellazione di Orione, a 1300 anni luce dalla Terra, utilizzando i wormhole, si è trasformata per il capitano Jeffrey della nave Babilony e il suo equipaggio in un totale e sinistro incubo ...

"Oltre Orione" è un'entusiasmante romanzo di terrore cosmico pieno di mistero, suspense e intrighi che ti terrà costantemente sul filo della tua immaginazione, mentre scopri poco a poco gli enigmi che ti attendono e la sorprendente e inaspettata conclusione. Goditelo!

Indice

Capitolo 1

Sono passati più di sette decenni dal crollo delle Torri Gemelle nel 2000 e dalla guerra in Iraq, che ha provocato uno spargimento di sangue innocente a causa di perverse ambizioni straniere. Sono finiti i sogni di quelle generazioni e rimangono solo ricordi tremolanti negli ultimi resti di quella generazione che si rifiuta di dimenticare. Nel mondo di oggi, molte nazioni hanno cessato di esistere a causa della Terza guerra mondiale, che ebbe luogo alla fine degli anni Trenta. Nonostante il devastante esito nucleare di quell'evento per miliardi di persone, il mondo fiorì gradualmente in un'era di relativa pace tra le uniche due potenze sopravvissute: Russia e Stati Uniti.

Negli anni successivi al colossale conflitto, la scienza e la tecnologia fecero passi da gigante, tanto che le prime missioni su Marte della NASA, sette decenni fa, erano ridicole per coloro che ora vagavano tra le stelle alla ricerca di segni di vita e di risorse energetiche.

Nel 2050 molte teorie quantistiche videro finalmente la luce quando per la prima volta il mondo fu in grado di aprire wormhole verso le stelle vicine e, un decennio dopo, di inviare navicelle interstellari per esplorare i sistemi solari. Solo un paio di mesi prima aveva anche lanciato la prima missione senza equipaggio nella galassia del cappello, la più antica delle galassie, con relativo successo. Russia e Stati Uniti avevano raggiunto un accordo mai visto prima per l'esplorazione congiunta di mondi energetici e per la ricerca di vita intelligente nel cosmo.

La multinazionale dell'energia e della tecnologia Wadiom, la più potente del mondo, era stata scelta decenni fa per iniziare l'esplorazione del cosmo in alleanza con le due potenze sopra citate. E questo perché era l'unica azienda e la pioniera ad aver creato astronavi abbastanza potenti da navigare nello spazio profondo. Indubbiamente, erano state le scoperte della fisica quantistica a rendere possibile l'esplorazione stellare, perché sebbene le astronavi fossero estremamente potenti, la tecnologia umana non era ancora riuscita a creare navi in grado di avvicinarsi alla velocità della luce.

Tra il 2050 e il 2070 l'esplorazione congiunta aveva portato alla scoperta, in diversi sistemi solari della nostra galassia, di oltre venticinque pianeti con condizioni praticabili e sicure per l'estrazione di minerali energetici. Sebbene la maggior parte di essi non avesse un'atmosfera respirabile, erano state create piccole città dotate di tutto il necessario per svolgere tali compiti. Questi pianeti erano dotati della nuova tavola periodica di nuovi elementi esotici scoperta solo negli anni Sessanta, utilizzata esclusivamente per la creazione di astronavi interstellari, e di elementi rari che consentivano la produzione di grandi quantità di energia per aprire i famosi wormhole.

Nonostante la scoperta di cinque pianeti rossastri con atmosfere e condizioni ottimali per la vita umana, non è stata scoperta alcuna forma di vita intelligente, ma solo una scarsa vegetazione esotica che rendeva l'atmosfera in qualche modo respirabile. Tuttavia, gli esseri umani sono stati trasferiti solo nel 2068, dopo un programma di riforestazione su larga scala di miliardi di flora terrestre adattata su tutti e cinque questi pianeti, per poi arrivare all'inizio del 2070 a inviare più di dieci milioni di persone sparse su tutti questi mondi. Senza dubbio, e nonostante il fatto che il pianeta Terra si stesse riprendendo dalla brutale guerra nucleare scatenata decenni prima, l'intenzione delle potenze mondiali era quella di trasferire metà del pianeta verso nuovi orizzonti.

Sebbene l'inimicizia tra le due potenze mondiali fosse ormai passata, c'era un'accesa competizione tra le principali multinazionali per soddisfare l'elevata domanda di energia e aggiudicarsi i succosi contratti della maggior parte dei governi terrestri... e delle future imprese di quei mondi in cui la vita umana era sorta da meno di un decennio.

L'azienda leader Wadiom aveva la concessione per il libero sfruttamento della maggior parte dei pianeti scoperti, e quindi dava il 50% dei colossali dividendi ai governi statunitense e russo, compresa l'energia necessaria a entrambi i regimi. Il potere della multinazionale era tale che per un decennio non ebbe alcuna supervisione diretta e nessun controllore di ferro, e quindi poteva fare quello che voleva nel cosmo. Aveva persino una propria squadra di sicurezza composta da ex marine ed ex forze speciali Seals, incaricata di sorvegliare le navi interstellari e i rimorchiatori quando le navi trasportavano il prezioso materiale su diversi pianeti. Dove le navi e i composti liquidi venivano poi fabbricati per essere utilizzati come materiali energetici, combustibili e reattori di potenza per aprire portali dimensionali, come i wormhole.

Formalmente, l'alleanza anglo-russa aveva concesso i diritti di 14 pianeti su 25 alla Wadiom per iniziare lo sfruttamento e restituire un profitto a entrambi. Entro due decenni dalla concessione, la compagnia aveva creato piccole città lunghe non più di un chilometro con il necessario per l'estrazione di energia su almeno sette mondi su quattordici. Gli altri erano monitorati solo per evitare che pirati spaziali cinesi o giapponesi entrassero nel territorio per rubare materiale o insediare moduli.

Sono passati appena un paio di mesi da quando i fisici di Wadiom hanno raccolto per la prima volta l'energia sufficiente per mantenere un wormhole e trasportare robot automatizzati nella galassia del cappello. È stato incredibile, perché la maggior parte dei viaggi effettuati fino a quel momento erano stati verso la costellazione di Orione, dove si trovava la metà della maggior parte dei pianeti minerari scoperti.

Capitolo 2

-Sono contento che siate tutti qui, ragazzi", disse il signor Mcmann, il presidente della compagnia, al centro di quell'enorme sala dove si percepiva che era un po' agitato, probabilmente per quello che doveva discutere in quella piccola riunione dell'ultimo minuto. Tutti quelli seduti ai lati del tavolo sullo sfondo sembravano in attesa, perché queste riunioni erano rare per loro, dato che erano sempre fuori nello spazio profondo, spostandosi da qui a lì per trasportare il prezioso minerale. Diciamo che erano i costruttori di tutto nella compagnia.

-Mi dispiace di avervi fatto venire qui d'urgenza", aveva proseguito il presidente con un tono più serio che aveva lasciato un po' turbati la maggior parte di coloro che lo avevano ascoltato, "domani partirete per la stazione spaziale del sistema solare uk2 con Orion, sta succedendo qualcosa di strano", aveva aggiunto con il volto preoccupato, "non ho voluto dirvelo separatamente per motivi di sicurezza, perché il signor Lak Bey, il proprietario dell'azienda, non vuole che nessuno lo sappia, solo coloro che condurranno la missione, -Non volevo dirvelo separatamente per la sicurezza dell'azienda, perché il signor Lak Bey, il proprietario dell'azienda, non vuole che nessuno lo sappia, solo coloro che guideranno la missione e i tre Ceo più importanti dell'azienda che sono presenti. -Dopo aver detto questo, tutti, tranne loro, si guardarono in faccia come per dire: "Qualcosa di strano, e come si traduce strano?

-Cosa intende per "qualcosa di strano", signore? - esclamò Jeffrey, capitano della nave interstellare Babilony, un rimorchiatore di energia di migliaia di tonnellate che non era fisso su nessun pianeta, ma era intervallato dalla maggior parte dei capitani di altre navi. Un mese sul pianeta quattro per trasportare il materiale alle fabbriche vicine alla Terra, un altro sul pianeta cinque e così via, ma di solito non andavano in missione di esplorazione oltre il cerchio di sicurezza, dove la maggior parte dei pianeti minerari non distava più di cinque giorni luce l'uno dall'altro. L'anello, come veniva chiamata la zona mineraria, dove convergevano la maggior parte dei pianeti scoperti, formava una sorta di anello visto da una mappa, da cui il nome.

-Come sapete Uk2 è il quattordicesimo pianeta della compagnia e il più lontano dagli altri, c'è solo un equipaggio di un centinaio di operai specializzati che estraggono il minerale più costoso che ci sia, e la piccola stazione spaziale che monitora il pianeta. L'ultimo rapporto che abbiamo ricevuto da loro è arrivato tre giorni fa e... il rapporto sembrava piuttosto inquietante: "Mayday... venite a prenderci, stanno arrivando", è l'ultima cosa che abbiamo sentito in audio. Che per ovvie ragioni preferisco omettere qui per non turbare le emozioni. Non sappiamo quale sia stato il motivo dell'allarme che ha provocato l'invio di questo audio dalla zona di controllo della miniera. E la cosa peggiore è che anche la stazione spaziale sul pianeta ha perso le comunicazioni giorni dopo il nostro tentativo di comunicare... una cosa estremamente rara. Vi sto rivelando tutto questo non per spaventarvi, ma per farvi sapere e prepararvi psicologicamente a qualsiasi cosa sia successa. Dio voglia che sia solo uno spavento..." disse quest'ultima frase un po' costernato, sul suo volto c'era qualcos'altro che non voleva dire, ma nessuno fece notare nulla, perché pensavano che fosse la causa della preoccupazione di tutto questo.

È risaputo che la società disponeva di una rete di satelliti che attraversavano migliaia di anni luce per consegnare i messaggi nel giro di due giorni al massimo. Negli anni precedenti, milioni di piccoli satelliti riceventi erano stati trasportati attraverso wormhole per consentire la comunicazione diretta con queste aree lontane in pochi giorni al massimo.

-Forse è una tempesta solare", ha commentato Mike, il copilota del Babylon, accanto al capitano.

-All'inizio abbiamo ipotizzato questa ipotesi, ma poi i sistemi satellitari hanno effettuato un'analisi a tappeto di tutta la parte orientale del sistema per individuare eventuali stelle vicine che stessero avendo delle tempeste, ma l'analisi ha mostrato che non c'era alcuna indicazione che Betelgeuse o qualsiasi altra stella vicina stesse attraversando delle tempeste elettromagnetiche, quindi questa ipotesi è stata esclusa", ha detto uno dei collaboratori del presidente dal tavolo. Poi c'è stato un piccolo silenzio tra i trasportatori, come se stessero pensando: "E se non è una maledetta tempesta solare, cosa dovremmo pensare che abbia causato tutto questo?

- Pensate che possano essere di nuovo i pirati? -disse ancora il comandante in tutta serietà.

-Potrebbe essere, ma dubitiamo di questa possibilità", rispose laconicamente il presidente, "Lo abbiamo escluso perché abbiamo alcune navi di sicurezza che monitorano qualsiasi segnale proveniente da navi sconosciute che passano vicino a quei pianeti lontani. L'ultima volta che hanno osato, i cinesi sono stati spazzati via dai nostri ragazzi, e non abbiamo nemmeno avvertito il governo.

-Non credo che stiano pensando a degli omini grigi", accennò passivamente l'ingegnere capo Emily, un altro importante membro della squadra di Jeffrey. Mentre alcuni dei suoi compagni di squadra sorrisero quasi impercettibilmente alle allusioni agli alieni.

-A questo punto tutto è possibile", ha sottolineato Mcmann, "sfortunatamente la maggior parte della squadra di sicurezza Wadiom che è protocollarmente assegnata a questo tipo di ricognizione non è disponibile, a causa di missioni diverse in varie parti lontane della galassia. E a causa del pericolo per le vite umane non possiamo rimandare il tutto al loro arrivo tra qualche giorno, quindi i più affidabili siete voi. Non preoccupatevi, ho già parlato con il capo della sicurezza della nostra compagnia e ci sono 15 soldati disponibili per venire con voi.

-Concordo pienamente, signore", disse Jeffrey, scuotendo leggermente la testa in segno di accettazione. Tuttavia, nel profondo era preoccupato perché non era normale che le comunicazioni fossero interrotte in modo permanente su un pianeta, a prescindere dalla sua distanza. Si trattava di un giorno al massimo per la distanza, ma tre o quattro giorni di ritardo erano qualcosa da considerare.

-Con te ci saranno cinque ingegneri e quindici marines che serviranno per la tua sicurezza. -rivelò un altro amministratore delegato della società, alzandosi e avvicinandosi a Mcmann per dire qualche altra cosa. -I fisici e i tecnici stanno preparando tutto il necessario per aprire il wormhole alle 11 del mattino, ora della Terra, in modo che sia sufficiente per raggiungere la stazione di apertura su Marte. Quindi preparate tutto", ordinò, e allo stesso tempo concluse la riunione. Poi la squadra di Mcmann consegnò alcuni rapporti e dati extra alla squadra di Jeffrey, composta da otto membri compreso lui. Due medici a bordo, tre ingegneri e due copiloti ausiliari, anche se solo la metà di loro ha partecipato alla riunione.

PARCHEGGIO - ALL'INTERNO DEI LOCALI DELLA SOCIETÀ WADIOM

-Ehi Bobby, non dimenticare di dire al resto della squadra di essere all'hangar presto, non più tardi delle cinque del mattino, partiamo alle sei... e se qualcuno rimane indietro, le teste saltano in aria", disse Jeffrey mentre accendeva la sua Mustang Gt del 1960 e sfrecciava fuori dalla struttura sulla strada boscosa per New York City.

-Sempre io, chiama qui, prendi questo, prendi quello, prendi questo, vaffanculo", disse mentre allungava il dito medio in direzione della Mustang che era quasi fuori dalla vista. Poi salì in macchina e uscì dal complesso.

Capitolo 3

A causa del pericolo di aprire wormhole dalla Terra anche per pochi secondi, erano stati posizionati enormi motori quantici a circa 20.000 km dal pianeta Marte. Questi due enormi motori quantistici, grandi come un piccolo grattacielo, espellevano l'energia atomica concentrata in grado di aprire un buco spazio-temporale sufficientemente grande da consentire il passaggio della navicella. Prima, un computer quantistico assegnava il numero di migliaia di anni luce da percorrere. Il protocollo era sempre lo stesso: attraversare il buco per arrivare dall'altra parte ad almeno mille chilometri di distanza da qualsiasi corpo celeste, sia esso un pianeta, un asteroide o una stella, per il rischio di essere inghiottiti e di trasformarsi in un pericoloso buco nero, cosa che nella teoria dei fisici non potrebbe accadere, ma che per sicurezza si preferisce evitare.

DA QUALCHE PARTE NEL PORTO DI NEW YORK ALLE 2 DEL MATTINO

-Comandante, comandante Frederick, mi sente? Devo parlarle. - Una voce femminile irruppe attraverso un computer nell'alloggio del capitano che fungeva da ricevitore per le comunicazioni.

-Cosa c'è che non va Linna, non vedi che ora è?

-Perdonatemi se vi ho svegliato. So che sono le due passate, ma non riuscivo a dormire perché...

-Andiamo, cosa c'è che non va? Lasciatevi andare, domani abbiamo un lungo viaggio.

-Non mi piace, signore.

-Nemmeno io, ma, a parte il mistero del caso, non credo che succederà nulla. Non si preoccupi, i ragazzi della sicurezza verranno con noi.

-Non intendevo questo.

-Quindi?

-Sapete bene che i due rimorchiatori Nostradamus e Babel sono scomparsi in una missione simile e, sebbene inizialmente sia stato attribuito ai pirati cinesi, è passato più di un anno e le indagini non hanno dato un'indicazione chiara di cosa sia successo. Perché sapete bene che dal pianeta 14 a dove stiamo andando e dove sono scomparse quelle due navi ci sono solo 23 giorni luce e..." disse con un tono incosciente che anche il capitano notò.

-Comprendo i tuoi sentimenti Linna. E sì, come non sentire la mancanza del comandante Tomas, un grande amico, ma non preoccuparti, forse hanno avuto un incidente e...

-Causato da qualcosa, signore, chissà cosa. Dubito che fossero pirati, perché avrebbero almeno inviato un segnale di soccorso a un satellite ricevente, che è abbondante in alcuni asteroidi di quelle zone. E come sapete, non c'era nulla su nessuno dei satelliti analizzati dagli esperti. A volte passiamo per queste zone, ovviamente non lontano dalla rotta sicura.

-Sono supposizioni, tesoro, vai pure a riposare, non succederà nulla, stiamo solo andando in ricognizione..., vedrai che arriveremo presto! Non sono altro che problemi tecnici con alcune antenne, di solito succede a causa delle continue tempeste solari di Betelgeuse in quella zona..." disse e poi diede la buonanotte in anticipo. Tuttavia, quella telefonata aveva indubbiamente piantato il seme del dubbio nel suo cuore, almeno momentaneamente. Anche se durante la riunione mattutina il presidente Mcmann aveva omesso di commentare la sfortunata e strana scomparsa dei due grandi rimorchiatori menzionati nella telefonata di Linna, per non suscitare ricordi.

Sebbene fosse stata formata una squadra per indagare sull'ampia area che comprendeva l'anello di pianeti, non si riuscì a trovare nulla di conclusivo sul motivo della scomparsa delle due navi dodici mesi prima, che era ancora molto vivo nella mente di tutti. La compagnia, per salvaguardare i propri interessi, aveva vagamente affermato che si era trattato di un attacco da parte di pirati giapponesi, ma questo non aveva risposto al motivo per cui nessuna delle navi militari che sorvegliavano le rotte aveva rilevato anche un solo segnale satellitare intruso dai pannelli di controllo che ogni nave intrusa emetteva. Questo ovviamente perché non lo sapevano, e in qualche modo per placare la paura dei piloti era entrato in gioco il denaro, grazie ai contratti multipli con diversi Paesi. Non poteva essere ritardato da un paio di semplici rimorchiatori misteriosamente scomparsi. Gli affari vengono prima di tutto.

Jeffrey non tendeva a essere troppo cospiratore e pensava che sarebbe stato un altro viaggio di routine. Tuttavia, vale la pena ricordare che il pianeta 14 era talmente pericoloso da raggiungere, che anche se si fosse riusciti a passare attraverso un wormhole dal pianeta dodici al pianeta tredici, non c'era alcuna scorciatoia per il quattordici, cioè due motori quantici per aprire un wormhole, perché le continue tempeste solari avevano ritardato l'installazione per anni e a causa dell'area piena di asteroidi e delle radiazioni dirette era estremamente pericoloso allestire la stazione di apertura. Non restava quindi che viaggiare nello spazio profondo per oltre 2 giorni luce a 10 km al secondo. Dal pianeta 13 al pianeta 14, il più lontano dall'anello di sicurezza, dove le navette andavano e venivano ogni tre settimane per trasportare rifornimenti e materiale a causa della distanza.

Dalla Terra al pianeta tredici, che si trovava nella parte più remota della costellazione di Orione, c'erano diverse centinaia di anni luce, ma attraverso il wormhole ci volevano solo un paio d'ore. Il problema era che una volta attraversato il wormhole si doveva viaggiare in mini-wormhole da un pianeta all'altro fino a raggiungere il pianeta esatto in cui si voleva viaggiare usando i motori quantici. Il rischio era di andare troppo lontano e di allontanarsi troppo dal luogo concordato. Quindi, in teoria, Jeffrey e la sua squadra sarebbero arrivati sul pianeta 14, nella migliore delle ipotesi, in un paio di giorni, se la destinazione era giusta.

Capitolo 4

Le ore notturne volavano e Jeffrey e tutta la sua squadra stavano effettuando gli ultimi aggiustamenti di sicurezza nell'hangar principale del Babylon.

-Ne è passato di tempo, amico! Vedo che non stai invecchiando", si sentì una voce burbera che rantolava alle spalle di Jeffrey mentre controllava il motore posteriore della colossale nave.

- Che cazzo, mi hai spaventato a morte", rispose e poi batté il pugno con Richard, il capo della sicurezza di Wadiom, un ex marine delle forze speciali che aveva creato una società di sicurezza a contratto e la gestiva, anche se col tempo Wadiom l'aveva naturalmente rilevata e ne aveva il controllo totale. L'unità che dirigeva era composta da 20 equipaggi, ciascuno con almeno 100 elementi altamente addestrati e una propria nave interstellare per sorvegliare le fabbriche e i pianeti dove si svolgeva il lavoro di estrazione e produzione del minerale. Sebbene sembrassero in numero sufficiente, ultimamente la compagnia ne aveva bisogno di più e per questo non ce n'erano abbastanza per accompagnare la Babylon, il cui protocollo per una missione di ricognizione di quel tipo prevedeva almeno cinquanta elementi. Sullo sfondo, si vedeva scendere dalla rampa una piccola unità di almeno quindici uomini vestiti di nero e con fucili d'assalto.

-Non preoccupatevi del numero, sono i migliori", disse Richard, "sono Seal, probabilmente non vi sembrano familiari, ma questi ragazzi sono i migliori dell'élite. Quindi sono in buone mani", li rassicurò. "Saluti, signor Richard", gridò Emily, l'ingegnere capo, dall'angolo, per poi avvertire Jeffrey che i motori avrebbero presto iniziato a scaldarsi, un dettaglio molto importante che significava che doveva affrettarsi a prendere posto nella cabina di pilotaggio.

-Vedo che ti chiamano. Se avessi la tua età, Jeffrey, sarei onorato di andare con quelle bellezze", disse, sorridendo ampiamente mentre Jeffrey ridacchiava, poi salutò e scese la rampa per prendere il suo posto.

Oltre a coloro che si trovavano a bordo dell'astronave, all'esterno c'era un'intera squadra logistica e tecnica che controllava le aperture nel tetto e qualsiasi anomalia al momento del decollo. All'interno della nave, il comandante Jeffrey Breyton, il ventisettenne Mike e la ventiduenne Linna come copiloti, e i medici Alexandra e Sandy, di 28 e 33 anni, nonché gli ingegneri Bobby, Luke e il capo Emily, avevano già preso posizione. Inoltre, 15 marines delle forze speciali e 5 ingegneri esperti in macchinari minerari e radar erano a disposizione nel caso in cui l'intero pasticcio sul pianeta 14 fosse un problema tecnico.

Jeffrey Breyton, 39 anni, il capo pilota del Babylon, era un ex aviatore delle forze armate in gioventù e negli ultimi 12 anni si era guadagnato da vivere volando soprattutto nell'anello di sicurezza di Orione e in alcune aree remote del nostro sistema solare. Era vedovo perché la moglie Jenny era morta di cancro 4 anni prima, e il figlio di 7 anni era piuttosto difficile per lui non vederlo per mesi e mesi, ma lo amava, questo era certo. Almeno quando erano insieme sfruttavano al massimo quei momenti. Anche se forse, da grande, i suoi veri genitori sarebbero stati i nonni, come si diceva, ma non c'era altro modo per andare avanti; era un rischio professionale.

La Babylon era una nave da traino grande come uno stadio di calcio e alta almeno 15 metri, oltre a più di 5.000 tonnellate perché nello spazio profondo si usava trasportare pesi brutali. Era priva di peso e molto veloce grazie ai suoi sistemi di accelerazione quantistica, quindi avrebbero impiegato circa sei ore per raggiungere Marte.

-Analisi completata, sistemi pronti. Nessun errore rilevato. Motori accesi. - si sentiva negli altoparlanti di tutti i compartimenti della nave, mentre il rombo dei potenti motori si accendeva e la Babylon lasciava il pianeta Terra a una velocità abissale. A dire il vero, per loro era una routine decollare, ma una missione di questo tipo non era cosa di tutti i giorni, soprattutto quando non si sapeva dove si stava andando, e peggio ancora verso il pianeta più lontano, cosa che Jeffrey faceva una volta ogni due anni perché quella sezione di solito toccava a Lukas dei Blackhaw.

Cabina di regia 6.00

-Mike, andiamo! Vai al tuo posto e lascia in pace i medici là dietro", ordinò Linna tramite l'interfono al copilota che si trovava nella sezione medica al primo piano del Babylon, e lui la ignorò, il tipico pilota irresponsabile. Ma grazie alle sue grandi conoscenze non era stato licenziato, ma era sempre solito fare queste cose: abbandonare il proprio posto a spese degli altri. -Questo stupido..." brontolò tra sé e sé. - Ehi, capitano, vedo che..., mi dispiace per ieri sera, non volevo...

-Dai, sei come mia nipote, puoi dirmi tutto quello che vuoi", disse lui lanciandole un'occhiata fugace. In fondo odiava quest'ultima, perché anche se aveva ventidue anni ed era la più giovane della squadra, provava sentimenti contrastanti per il capitano, si sa che quando si viaggia molto con qualcuno a volte nascono dei sentimenti, e per lei l'ammirazione e la galanteria di Jeffrey erano irresistibili, ma se li era sempre tenuti per sé per non sembrare ridicola.

-Non si preoccupi, capitano... è solo che a volte ho la sensazione che, non so... sento che un pilota dovrebbe essere forte come lei e me..." Si voltò a guardarla e le rivolse un piccolo sorriso fraterno, anche se lei lesse quella sensazione e sorrise a sua volta.

Ricordo che avevo venticinque anni quando ho pilotato per la prima volta una di queste navi. All'inizio si ha paura di ciò che si può incontrare nello spazio profondo, ma, a poco a poco, si perde questa sensazione. È comprensibile che in ogni viaggio ci sia sempre un'incertezza. Il cosmo è troppo grande per non averne paura, ma andiamo, tu lo fai da quando hai vent'anni, quindi vedrai che a venticinque anni mi supererai.

-Grazie per le parole, signore, ne avevo bisogno, mi creda", disse sorridendo, e poi spostò lo sguardo sul fronte di alcune schede che tintinnavano in una danza di luci secondarie del computer. Dopo di che non si parlò più per un bel po'.

All'interno, la nave era divisa in diverse zone separate da porte a sensori pressurizzate. Si cominciava con la cabina di pilotaggio di otto metri, poi c'era la zona centrale dei computer, la cucina e la zona di refrigerazione, i magazzini, la zona centrale più ampia dove di solito andava l'equipaggio e la zona posteriore dove di solito andavano gli ingegneri. La parte superiore era l'area dove venivano trasportati i minerali, quindi era la zona di carico. E delle stesse dimensioni: uno stadio e circa quindici metri di altezza esclusivamente per il carico.

Dopo sei ore di navigazione senza intoppi, la Babylon aveva raggiunto la sua prima tappa: Marte, per attraversare al più presto il tunnel spaziale che gli ingegneri e i fisici della stazione si accingevano ad aprire per farli passare, e collocarli nella prima coppia di motori quantici sul pianeta noto come verde o pianeta uno, che sarebbe stato il primo, poi sarebbero stati collocati sul secondo a quattro giorni luce di distanza e così via.

Capitolo 5

Residenza del proprietario dell'azienda Wadiom

-Sono contento che tu sia venuto, Mcmann, volevo parlartene personalmente", disse il proprietario dell'azienda dal suo tavolo ovale al centro della lussuosa sala dove alle sue spalle si vedeva un bel lago e in fondo uno spazio di foresta di conifere immerso nella residenza del magnate. Mcmann era un po' nervoso, non per niente Lak Bey era conosciuto nell'alta élite dell'azienda come un tiranno e capace di fare qualsiasi cosa per i suoi interessi. Mcmann, nonostante il suo potere, era un suo semplice burattino, che avrebbe fatto di tutto per far felice il suo capo e per far crescere il suo conto in banca con alte commissioni.

-È un onore essere con voi, sono venuto....

-Questo è per il proletariato, diceva mio padre, pace all'anima sua", disse Lak Bey in tono beffardo e con la sua caratteristica voce profonda.

-Mi dispiace. Hanno creduto a tutto, signore", rispose, deglutendo saliva. Non riuscì a trattenere il nervosismo di fronte al tiranno, ma continuò come meglio poté. -Ho detto loro che sarebbe stata un'operazione di routine, come mi avete detto, e loro hanno creduto a tutto. Ora si stanno dirigendo verso il pianeta 14 e si spera che accada la stessa cosa... come il Nostradamus e... per scoprire cosa diavolo è quella cosa che è stata rilevata dal signore sul radar prima... prima che sparissero.

-Spero che questo accada, altrimenti sai cosa faranno i ragazzi se arriveranno sul pianeta 14...", alludeva a Mcmann.

-Certo che sì", annuì fugacemente il presidente, "cinque dei militari che sono con loro portano già l'ordine. Voglio dire, se non succede nulla e arrivano sul pianeta 14 e vedono che....

-Meglio non dirlo, vediamo cosa succede, speriamo che ci facciano luce su cosa sta succedendo in quella zona, e sul perché della scomparsa delle navi. Sono sicuro che sapranno come mandare un segnale, almeno che sta succedendo, se no, non ci sarà rimedio, sai di allertare i militari, ma siccome sono un buon amante dei misteri, aspettiamo, non credi, Mcmann?

-Sì, signore", annuì come un semplice schiavo che dice sì a tutto. Il fatto è che Mcmann, pur essendo un uomo duro, despota e forte agli occhi dei suoi subordinati, sembrava a Lak Bey come un cane chihuahua che dice sì e annuisce a tutto. Anche se, in fondo, era terrorizzato dall'idea di ciò che Mr. Lak Bey aveva ordinato qualche giorno prima, quando aveva pianificato tutto, per scoprire cosa stava accadendo nella zona chiamata X, un'area scoperta casualmente qualche anno fa, dove c'era una piccola nube di asteroidi che non erano pericolosi, ma in quella zona, prima di raggiungere il pianeta 14, stava accadendo qualcosa da un anno, e volevano sapere cosa diavolo stava succedendo perché era proprio in quella zona che le due navi erano scomparse.

E sebbene la compagnia sapesse che era lì che era avvenuta la sparizione, formò una commissione d'indagine e diede loro un altro indirizzo, dicendo loro che si erano persi nella zona dello spazio profondo che comprendeva i pianeti 4 e 5, per cui non andarono mai a indagare su quella zona x e si limitarono a indagare sui satelliti vicini che non avevano nulla nei loro sistemi del Nostradamus e di Babel. Quindi non ne hanno mai saputo il motivo. Ma i satelliti del gruppo di hacker interni che servivano Lak Bey sapevano bene che intercettavano le informazioni dai piccoli satelliti vicini, in teoria dalla zona x, ed è per questo che vennero a conoscenza di quella zona e della misteriosa e strana scomparsa delle due navi e dell'inquietante messaggio che avevano detto prima e che solo Lak Bey aveva nelle sue mani, e non era il messaggio che Mr.

-Possiamo solo sperare che il piccolo robot che li segue registri tutto, anche se è meglio pregare che non succeda la stessa cosa anche a lui. Quindi tenetelo il più lontano possibile, in modo che non venga rilevato.

-Certo, speriamo", commentò Mcmann, mentre il vecchio dall'altra parte faceva un sorriso machiavellico come per dire: "Speriamo che sia qualcosa che ci possa essere di grande utilità".

Anche se a quel punto erano rimaste molte tracce che potevano legalmente metterli in imbarazzo, il loro piano sarebbe continuato. L'ambizioso Lak Bey era un uomo di età sconosciuta che per lo più non lasciava la sua villa situata da qualche parte nelle montagne di Washington DC. Il suo misticismo e la sua aura erano leggendari. Molti dicevano che non usciva alla luce del sole a causa di una malattia della pelle. Eppure aveva formato la società più potente del pianeta, con tanto di corruzione nel suo entourage e violenza inconcepibile contro chiunque si opponesse ai suoi piani.

Ore dopo, a 20.000 km da Marte, i due motori di gomma delle dimensioni di un edificio hanno espulso con successo il concentrato di plasma che ha permesso di aprire il wormhole di circa 50 metri di altezza per 100 metri di larghezza in un tempo sufficiente a far entrare la Babylon e a farla trovare, pochi minuti dopo, a più di 1.300 anni luce dalla Terra alla sua prima fermata: Pianeta 1 nella costellazione di Orione, che in teoria richiedeva meno di un'ora ad ogni fermata, cioè un giorno per raggiungere la fine del giorno sul pianeta minerario 13 da cui sarebbe partito il modulo spaziale dal pianeta 13 al 14 alle 5 del giorno in cui il sole di Riniur splendeva sul piccolo pianeta a più di 200 milioni di chilometri di distanza.

Stazione spaziale pianeta 13 Wadiom

Finalmente il rimorchiatore aveva attraccato alla gigantesca stazione spaziale e l'equipaggio era al riparo all'interno della struttura, che disponeva di tutto, dagli impianti sportivi ai bar. La stazione spaziale si trovava sul lato nord del lato oscuro del pianeta 13, dove la maggior parte dell'equipaggio della Wadiom lavorava su due turni per estrarre un materiale prezioso chiamato Maditia, utilizzato nelle leghe impiegate nella fabbricazione delle navi da carico interstellari. Alla stazione c'erano sempre circa sei persone che controllavano l'intero sistema di controllo e i segnali in arrivo venivano inviati ai minatori sottostanti o ai pianeti a quattro o cinque giorni luce di distanza, le cui comunicazioni, a quelle distanze, avvenivano nel migliore dei casi a poche ore di distanza l'una dall'altra grazie alla vasta infrastruttura di rete satellitare che li collegava. Dal pianeta 1 a 1300 anni luce da Marte alla Terra ci sarebbe voluta un'ora e dal 13 alla Terra ci sarebbe voluto al massimo un giorno, ma dal 14 alla Terra - perché non c'erano scorciatoie - ci sarebbero voluti almeno due giorni.

-Meravigliosa vista, non credete? - l'ingegnere capo aveva fatto irruzione in un tavolo dove Jeffrey e alcuni membri della squadra erano seduti con vista sul pianeta, gustando un barbecue e delle birre.

-Unisciti pure a noi", dissero tutti in coro mentre assaporavano, Mike il copilota e l'ingegnere Bobby il clown del gruppo. Ai lati, in fondo, c'erano i tavoli degli altri, che chiacchieravano e si godevano il grande buffet che si estendeva da nord a sud e che la maggior parte dei cuochi aveva preparato ore prima. I marines si stavano divertendo ad esercitarsi nelle manovre in alcune aree del complesso, mentre gli ingegneri tecnici dei satelliti avevano finito di mangiare e stavano chiaramente marciando verso i loro alloggi per riposare.

-Vorrei che potessimo passare più tempo a goderci questa meraviglia", commentò Jeffrey, rivolgendo un leggero sguardo a Emily, che evidentemente gli piaceva.

-Naturalmente, chi non vorrebbe stare in un posto come questo per sempre, infatti, da quanto tempo venivamo qui, 8 o 9 mesi?

-Sono arrivato sette mesi fa, capo", disse Bobby, "ma non vado al 14° da più di trenta mesi e devo confessare che non mi piace affatto.

-Chiaramente tutti conosciamo il Pianeta 14 tranne Linna, che si è appena unita al gruppo", disse Luke sorseggiando la birra e assaporando una pesca.

-Anche se questo mondo è migliore per te, è molto difficile lavorare laggiù", ha dichiarato Emily, "Ricordo che quando ho fatto il provino per la squadra, mi hanno messo laggiù per un mese, e porca miseria, è un inferno riparare motori a temperature in cui spesso vomitavo... Non so come facciano gli operai a sopportare quelle condizioni".

-Almeno siamo fortunati", ha detto Jeffrey, "cioè, veniamo pagati come rockstar, anche se è un lavoro sporco e pericoloso....

Tutti annuirono in segno di approvazione, - poi l'irriverente Sandy, l'assistente medico di Alexandra, gridò in lontananza. -Sì, capitano, ma la maledizione riguarda tutti noi.

-Che cosa vuoi dire? - rispose.

-È una mensa.

-Stai zitto, idiota", sbottò Bobby Sandy.

- Ehi, signora del ghiaccio! -Mike sussurrò accanto al comandante con un tono quasi impercettibile.

-Beh, tutti nella nostra squadra, tranne il mio capo Alexandra, sono preoccupati per lo scapolo, così com'è; finiremo in manicomio senza conoscere l'amore", disse, e poi tutti scoppiarono a ridere ai diversi tavoli, e subito: "Salute agli scapoli", disse Bobby.

-A dire la verità, Bobby, non ti abbiamo mai visto con una ragazza o un ragazzo", scherzò Sandy.

-Che idiota che sei...

-Suvvia! Smettetela di discutere", disse Alexandra dall'altro lato del tavolo, evidentemente divertita da quella sera in quel mondo immerso nella costellazione di Orione.

-Mi mancava questa cena. Da quanto tempo non la facciamo, eh Jeffrey? - Aveva detto Emily.

-Con tanto lavoro che va avanti e indietro è stato difficile, e guarda, pensavo che non avremmo avuto tempo, e invece ci stiamo godendo una bella serata....

-Lei è sempre serio, signore", disse Bobby.

-Lascia perdere, Bobby, è maturo, non come gli altri", disse Emily, ridendo un po' e contagiando gli altri.

-Fareste meglio a sbrigarvi, stanno per finire i dolci", disse Mike, guardando verso sud dove la maggior parte delle persone ai tavoli in fondo stavano per servirsi dei dolci che erano stati distribuiti sul tavolo del buffet a bagnomaria dove c'erano decine di piatti....

Dopo cena, la maggior parte di loro si recò nelle rispettive stanze, lasciando solo il comandante Jeffrey a gustare un bicchiere di vino guardando l'orizzonte del pianeta 13, che da quel lato sembrava essere bagnato dalla sua stella avvolgente.

-Sei ancora un'amica", disse la bella Emily mentre attraversava una delle strette porte di metallo per entrare nella grande sala da pranzo.

-Vedo che anche tu non sei andato a dormire", rispose, girando la testa.

-Non riuscivo a dormire, così sono venuto a vedere le stelle da qui, perché penso che siano bellissime.

-E gli altri? Suppongo che dormano?

-Credo che qui siano le nove di sera, quindi staranno guardando un film", rispose. Jeffrey si sentì a disagio per l'arrivo di Emily, perché era un uomo di poche parole che, pur amandola, non trovava facile aprire i suoi sentimenti, soprattutto in questa situazione da solo in cui i suoi sentimenti per lei potevano venire fuori e perché non avrebbe saputo come reagire se lei si fosse aperta troppo, visto che era piuttosto aperta nelle sue insinuazioni.

-A volte vorrei essere come quelle stelle, capitano", osservò, facendo un lieve e quasi impercettibile sorriso per l'allegoria che stava per arrivare.

-Non so come rispondere, ma perché?

-Perché anche se invecchiano, la loro durata di vita è di miliardi di anni; e noi... beh, avete sentito cosa ha detto Sandy su...?

-Certo che lo so, come potrei dimenticarlo", rispose lei, sorridendo in modo peccaminoso perché era scomodo essere co-cospiratori nell'essere nominati i ragazzi senza amore di Babilonia. Rimasero sul bordo dell'area di osservazione vetrata a parlare di cose banali per un po', finché Emily non cercò di dire qualcosa che sentiva:

-Sai Jeffrey, sono passati cinque anni da quando ti ho conosciuto...

- Ehi, che succede qui, birbanti? - interruppe Bobby improvvisamente vestito in pigiama mentre si dirigeva verso i frigoriferi sul lato sinistro e tirava fuori un paio di bibite... - e voi, ragazzi, che vi prende? - disse titubante in tono canzonatorio mentre usciva di fretta dalla sala da pranzo, Jeffrey non disse nulla, si limitò a fare gli occhi dolci: "Oh, grazie amico, ti devo un favore", poi cercò di non dire nulla ed Emily disse "è ora che vada a dormire", e per sua fortuna fu proprio così.

-Beh, io devo ritirarmi per la notte, spero che tu faccia lo stesso, amico mio, eh?

-Certo", disse, "andrò a riposare tra poco, perché domani ci aspetta un viaggio faticoso.

- Buona sera.

-Buona notte..." rispose deglutendo come se volesse dire: "Oh mio Dio, lei voleva che le dicessi qualcosa come "mi piaci", ma cosa potevo dirle?

Ore prima della cena, il trentaduenne Mark Brown, tenente colonnello al comando dei Marines, si era presentato alla squadra di Jeffrey, dando loro le linee guida da seguire una volta scesi sul pianeta 14. Era uno dei migliori della squadra e aveva una vasta esperienza in innumerevoli missioni. Era uno dei migliori della squadra e aveva una vasta esperienza in innumerevoli missioni. A suo parere, si trattava di un'intrusione di una banda di pirati cinesi che rubavano materiale e lo vendevano al mercato nero sui cinque pianeti abitabili a un mese luce a nord di Plutone.

La mattina presto, prima di una riunione protocollare, il capitano Jeffrey e il tenente colonnello Mark diedero alcune raccomandazioni e partirono a tutta velocità verso il pianeta minerario 14 per scoprire con certezza cosa diavolo fosse successo al centro di controllo minerario e ai responsabili della stazione spaziale che orbitava intorno al pianeta, che non rispondevano da più di 4 giorni. Ovviamente, non potevano nemmeno immaginare la strana cospirazione che pendeva sulle teste del proprietario della società e di Macmann, ma erano comunque determinati a scoprire cosa stava succedendo.

-Eccoci di nuovo qui, ragazzi", aveva commentato il capo mentre sfrecciavano lungo la rotta concordata, oltrepassando l'ammasso di asteroidi e addentrandosi nello spazio profondo. Nella sua mente suo figlio, anche se l'estate scorsa non era riuscito a vederlo a causa del lavoro, non vedeva l'ora di tornare dalla missione e di prendersi una meritata vacanza, di cui aveva davvero bisogno dopo l'estate scorsa in cui non aveva potuto prenderla.

-Puoi dirmi, mainframe, alla velocità stimata che stiamo andando, quando raggiungeremo il pianeta 14 Tyu44? -disse Mike alla destra di Jeffrey.

Il computer centrale risponde: alla velocità a cui stiamo andando, raggiungeremo il confine del sistema solare del pianeta 14 in 23 ore.

-È molto, date il massimo a tutti e cinque i motori", aveva ordinato.

-Potrebbe essere pericoloso, Mike", disse il capitano.

-Affermativo, ma non preoccupatevi. Il computer mantiene questa velocità per almeno tre ore, poi scende alla velocità precedente.

-Vedo che sono solo un compagno di viaggio", disse il capitano, sorridendo al centro dei comandi. A dire il vero, Mike era già un suo allievo esperto, dopo aver iniziato come copilota quando aveva l'età di Linna.

-Beh, visto che hai superato il tuo maestro, vado a controllare alcune letture nel retro", disse alzandosi. Linna lo guardò di traverso, senza dire nulla. Dentro di sé sapeva in qualche modo di essere solo una ragazzina e che quella a cui brillavano davvero gli occhi era l'ingegnere biondo Emily, e questo le faceva ribollire il sangue e, anche se non diceva nulla, nel profondo la malediceva e la odiava al punto di non amarla. Si diceva che fosse più bella di lei e più giovane, ma per quante insinuazioni facesse, sapeva che finché ci fosse stato l'ingegnere, lei sarebbe sempre stata la seconda in classifica.

-Credi che non ti abbia visto Linna?

- Di cosa stai parlando?", disse sorpresa, guardandolo per un attimo come per dire: "Non sono abbastanza riservata perché gli altri lo notino, dannazione! -A te non interessa, Mike.

-Oh, mi scusi, signorina, sto solo cercando di fare conversazione, non se la prenda così tanto.

- Beh, non mi piacciono i tuoi discorsi", rispose lei.

-Mi dispiace. -Mike sussurrò imbarazzato. E così fu per le ore successive, dopo che il capitano tornò e riprese il controllo. Per quanto riguarda l'equipaggio, i Marines erano ai loro posti molto disciplinati, tanto da non dire una parola. Gli ingegneri nella parte posteriore controllavano i dati dell'intero sistema e i medici della sezione medica passavano un paio di portelli davanti all'equipaggio. Chiaramente, si trattava di un tipico viaggio di routine. Erano a metà strada e dovevano ancora avvicinarsi pericolosamente alla zona dell'asteroide DartX, di cui nessuno era a conoscenza tranne i vertici, ma era in quella zona remota che entrambe le navi erano scomparse 12 mesi prima.

-Capitano, capitano", si sentì gridare verso le 2 del pomeriggio, secondo la loro tabella di marcia interna, "cosa sta succedendo? - Tutti nella cabina di pilotaggio risposero in coro: "Santo cielo, signore! -Cosa sta succedendo Emily? -Sta succedendo qualcosa ai motori, non so cosa stia succedendo".

-Cosa? Che Dio ci aiuti, signore, guardi! -esclamò Linna, indicando il pannello principale. -Qualcosa ha rilevato l'intelligenza artificiale.

-Il computer dei motori 3 e 5 sta impazzendo", ha gridato Luke, l'altro assistente tecnico.

-Dategli piena potenza, c'è qualcosa che lo sta causando, dove siamo? -chiese il comandante.

-Latitudine tre sta lasciando la zona x dell'asteroide - signore - qualcosa ci sta trascinando e non è una tempesta qualcosa..." gridavano le voci tumultuose in fondo agli ingegneri.

-Non risponde, signore", gridò Linna, un po' costernata, da un lato.

-Emily, accendi i motori turbo, dobbiamo uscire da qualsiasi cosa ci stia trascinando", gridò Jeffrey disperato attraverso l'interfono senza accendere gli altoparlanti per non allarmare l'equipaggio. Ormai nessuno sapeva più cosa diavolo fosse a trascinarli fuori dal cerchio di sicurezza che teoricamente esisteva, dove passavano le navi e che consisteva in una linea immaginaria di almeno 10 km, ma qualcosa li stava trascinando velocemente e i motori si spegnevano a intermittenza. C'erano ordini di Jeffrey che giravano intorno agli ingegneri e azioni che non funzionavano.

-Che diavolo sta succedendo? Il tabellone Mr. Look! si sta chiudendo di nuovo", gridò Mike terrorizzato, e da quando era conosciuto era un esaurimento nervoso.

Jeffrey si alzò immediatamente in piedi barcollando nella direzione immediata per controllare dove si trovavano i computer centrali a pochi metri dalla sezione successiva, così rapidamente a causa del pericolo gridò all'equipaggio per sicurezza - Siamo trascinati da una forza invisibile o da qualcosa che non sappiamo cosa, ma i motori stanno cedendo, cercheremo di riprendere il controllo. -Dopo aver detto ciò, corse rapidamente in cabina di pilotaggio impartendo alcuni ordini che alla fine si rivelarono inutili perché la nave continuava ad andare alla deriva senza controllo, come se una forza invisibile li stesse trascinando a una velocità abissale e li stesse portando fuori dal cerchio di sicurezza.

-Che Dio ci aiuti", disse un Mike terrorizzato mentre premeva una serie di pulsanti senza successo.

-Ha idea di cosa sia questo, signore? - chiese Linna in mezzo al caos.

-No, ma non è una tempesta solare perché i radar autonomi non indicano nulla di anomalo, quindi giocheremo l'ultima carta", ha aggiunto.

-Cosa vuoi dire?

-Se quello che sto per fare non funziona, non so dove ci fermeremo, perché stiamo andando a una velocità assurda senza alcun controllo e, se continuiamo così, potremmo colpire un meteorite e ...... -Sentenziò senza finire la frase e poi diede subito l'ordine a Emily. -Decolleremo dal modulo 4, decolleremo con esso e ce ne andremo. Prima che finisse di dirlo, una scossa brutale li destabilizzò e li fece cadere a terra; dopo quella scossa brutale l'intero sistema della Babilonia si spense e iniziò il terrore per tutti.

-Dio ci salvi", disse Jeffrey, "nemmeno gli intercomunicanti funzionano dall'altra parte", si sentì dire da Mike, Linna non disse nulla, si limitò a guardare il capitano in attesa che dicesse qualcosa per tirarli fuori di lì. -Torno subito", disse uscendo di corsa dal portello e dirigendosi verso il retro, dove si trovavano Emily e i suoi ingegneri, e proprio sul retro c'erano due piccoli moduli in grado di tirarli fuori da lì... ma le cattive notizie non si fermarono, a metà strada dai marines Emily stava venendo loro incontro con la terribile notizia che l'alimentazione centrale dei moduli era disattivata, come se qualcosa stesse interferendo con il loro funzionamento, qualcosa di inspiegabilmente sconosciuto dato che l'alimentazione del modulo era esterna al Babylon. Per quanto Jeffrey si sentisse disperato, non poteva fare nulla per risolvere il problema, perché era al di là della sua comprensione.

Nessuno dell'equipaggio aveva mai affrontato una situazione di questa portata. Mentre venivano trascinati a una velocità spaventosa, venivano formulate teorie e soluzioni. Una di queste era che erano caduti in una zona gravitazionale e all'inizio era terribile, ma non c'era nessun fenomeno fisico che potesse spiegare una strana forza che improvvisamente attirava una nave e ne spegneva i motori e tutti i sistemi elettrici alternativi. Così trascorsero forse al massimo sette ore a una velocità di oltre 100.000 km all'ora, finché alla fine, in una zona sconosciuta, la forza cessò gradualmente, ma la nave proseguì senza una rotta fissa.

-Forza, accendilo! -Ancora e ancora Mike schiacciò i pulsanti a destra e a sinistra nella speranza che funzionasse, ma niente; la scheda di controllo non mostrava alcun segno di ritorno in vita. Jeffrey deglutì a fatica e, all'improvviso, esclamò: "Guardate là", rivolgendosi a tutta la sua squadra, che alzò lo sguardo dalla parte anteriore della cabina di pilotaggio verso l'orizzonte, dove si intravedeva una sfera scura, sinistra, simile a un tumore, in cui era visibile una stella morente che non compariva sulla sua mappa, relegandola a una luce stucchevole ma inefficacemente morente, mentre l'oscurità funerea avvolgeva ugualmente quel mondo.

-È inquietante", mormorarono alcune voci, nessuna delle quali si distinse per capire chi lo stesse dicendo.

- Avete idea di che tipo di mondo sia questo? -chiese Sandy. Nessuno disse nulla, si limitarono a fissare con stupore la massa di dimensioni lunari, ma in una forma scura e tumorale, improbabile per ospitare vita biologica, ma comunque evidentemente terrificante da lontano. L'astronave si stava indubbiamente avvicinando pericolosamente al raggio d'azione della sua gravità che, se fossero entrati, li avrebbe indubbiamente risucchiati, ed entrare in un pianeta in questo modo senza il controllo della nave era morte certa. Fortunatamente i pannelli di controllo cominciarono improvvisamente ad accendersi in modo irregolare, almeno riuscirono a controllare la nave in qualche misura, anche se a quel punto i motori continuavano a non rispondere.

-Grazie al cielo, almeno possiamo controllare la nave. -commentò Mike. - Fortunatamente, saremo in grado di fare un'analisi centrale completa e di accertare i danni", disse Jeffrey, un po' sollevato dopo lo spaventoso spavento che avevano vissuto per ore. Poi diede l'ordine all'intelligenza artificiale di iniziare.

Analisi a partire da ...

-Siamo stati cinque o otto ore in quell'incubo, almeno grazie a Dio non ci siamo imbattuti in nulla", aveva detto Bobby, leggermente più calmo, anche se non significava nulla.

Analisi completata: tutti i motori sono danneggiati, il danno è superficiale, ma è necessaria una riparazione manuale dei sistemi informatici, a parte questo non c'è nulla che possa ostacolare il funzionamento per ora", ha concluso l'intelligenza artificiale. Per il sollievo di tutti era almeno una cosa positiva.

-Mike e Linna restano qui e io vado a dare una mano agli ingegneri", disse Jeffrey uscendo dall'abitacolo verso la parte posteriore.

Successivamente, gli esperti ingegneri Luke, Bobby ed Emily indossarono le loro tute protettive per recarsi all'esterno della nave, ai giganteschi motori sul lato della Babylon, per cercare di ripararli. Jeffrey, dall'interno, li supportava analizzando i dati del computer nella parte posteriore e comunicando con loro in ogni momento, mentre le cose andavano avanti. Almeno a questo punto il sistema di comunicazione interno alla nave, grazie alle antenne radio esterne, funzionava.

-Mayday qualcuno può sentirmi nel giro, satelliti vicini Gian, Felder, ragazzi della stazione spaziale del pianeta 13 se ricevete questo messaggio siamo stati trascinati, ripeto, trascinati fuori dal cerchio di sicurezza sul lato sinistro, per favore, abbiamo bisogno del vostro aiuto.

-Ehi, guarda! -Mike indicò un'area specifica del pannello di controllo.

-Cosa? - rispose a Linna.

-La comunicazione non funziona.

-Maledizione, maledizione", brontolò. -Speriamo che riescano a ripararli, altrimenti....

-Non preoccuparti, lo fanno sempre. L'ingegnere Emily per me è il migliore di tutta la compagnia Wadiom non manca mai di riparare, vedrai che presto funzionerà e usciremo da qui", disse cercando di dare un po' di incoraggiamento alla giovane Linna che sembrava ancora molto nervosa.

-Sì, ma siamo usciti dall'anello di sicurezza, siamo in una zona sconosciuta.

-Lo so, ma una volta che i motori saranno accesi faremo il giro della zona da cui siamo venuti e andremo da chi ci ha trascinato", disse, sicuro di quello che stava dicendo.

-Forse, preghiamo solo che tutto si risolva....

-Sì", mormorò Mike sottovoce, come se pensasse: "Vorrei", mentre si guardava intorno alle poche stelle visibili in questo strano firmamento, molto strano nella sua esperienza, con i suoi colori vaghi e molto diverso dall'universo che conosceva.

Retro del Babilonia

-Pensa che abbiamo una possibilità?", chiese Jeffrey con sincerità all'interfono, senza specificare a chi.

-Sì, ma ci vorranno più di dieci ore a pieno regime", rispose Emily, agitata dalla velocità con cui stavano facendo le cose, cambiando e controllando parti dell'intero sistema informatico collegato ai motori.

-Peccato per i panini che volevo mangiare sulla stazione spaziale 14", commentò Bobby, cercando di sembrare divertente di fronte a questo panorama desolato che, sebbene non ci fossero gravi problemi tecnici che potessero teoricamente compromettere la missione, era comunque spaventoso per il fatto di trovarsi in una zona pericolosa e inesplorabile.

-Non sono in vena di scherzi, Bobby", disse Luke mentre controllava una delle decine di computer del motore.

-Senti, capo! - disse Bobby, "tutti i fusibili sono saltati... ci vorranno più ore del previsto. Perché non dici al capo che gli altri ingegneri che ripareranno i macchinari sul pianeta dovrebbero darci una mano, altrimenti non finiremmo presto, è roba di ingegneria di base, ma molto laboriosa, ovviamente conoscono il lavoro", suggerì, lei annuì.

Subito dopo aver detto questo, gli ingegneri dell'azienda che si occupa esclusivamente di riparare satelliti e macchinari tecnici hanno lasciato la nave per aiutare a sistemare decine di fusibili e transistor fondamentali per il funzionamento ottimale della navicella. Dopo oltre otto ore di lavoro senza sosta, hanno deciso di fare una pausa.

-Pensa che possiamo uscire in fretta? - chiese vagamente il capitano ore dopo.

-Dovremmo. Ma voglio comunque testarli. Voglio che tutto sia assemblato", disse l'ingegnere Emily mentre si preparava ad assaggiare il cibo. Nella sala da pranzo c'erano solo Jeffrey, Bobby, Luke e lei.

-Solo il motore due è il più danneggiato. Dovremo sostituire alcune parti, ma al massimo faremo un pisolino e in tre ore dovrebbe essere tutto finito", disse Emily mentre le sue controparti annuivano in segno di assenso.

-Cosa pensa che fosse, capitano? chiese Mike mentre masticava un panino, sperando di ottenere almeno una risposta che attenuasse la sua profonda paura, che era riluttante a mostrare.

-La strada di sicurezza, se così si può chiamare, è al massimo di 10 chilometri dove ci sono alcuni piccoli satelliti, ma non abbiamo mai... non siamo mai andati oltre i cinque chilometri e a quel limite qualcosa ci ha tirato, non lo so. La mia opinione personale è che, per quanto ne so, non c'è nulla di fisico che mi abbia trascinato in quella direzione e vi abbia lasciato intatti. Almeno questo è successo a noi grazie al cielo, voglio dire, la gravità è uniforme in tutto il cosmo a meno che non si tratti di un buco nero, ma in quel caso non l'avremmo contato.

-Sono d'accordo con te, Jeffrey, ma cos'era allora? Un nuovo fenomeno che non è stato scoperto", disse l'ingegnere capo.

-La compagnia effettua viaggi in molte aree remote da almeno due decenni e questo non è mai successo prima, vero? -Solo due incrociatori sono stati misteriosamente persi in due decenni, e gli altri attacchi sono stati compiuti da pirati che ultimamente ci hanno pensato due volte ad attaccare a causa delle perdite subite.

-Sono d'accordo con te Luke, ma i conti non tornano. Il Nostradamus e la Babele dovrebbero essere scomparsi in base a ciò che sai sul pianeta 5, giusto?

-Ujum", annuì.

-Mi chiedo se sia stata la stessa cosa a trascinarli e se non abbiano avuto la nostra stessa sorte", insinuò senza finire la frase, cosa che Bobby fece. -E si sono schiantati contro qualcosa?

-Potrebbe essere, amico mio", rispose il comandante. -È solo un'ipotesi, però, non possiamo esserne certi. Ricordiamo che avevano anche una squadra in grado di riparare tutto ciò che la nave aveva, a meno che non avessero...

-A dire il vero, non si vedono le stelle da quel lato", disse all'improvviso, cosa di cui la maggior parte degli ingegneri non si era resa conto fino a quel momento, e loro risposero con un lungo "cosa", poi si diressero immediatamente verso i finestrini di sinistra, e in effetti, sul lato in cui erano stati trascinati non c'erano tracce delle stelle che in teoria si sarebbero dovute vedere da quel lato: Betelgeuse, Rigel e Manor. Ma si percepiva solo un nero insondabile, come se qualcuno avesse alzato una cortina di miliardi di anni luce che impediva di vedere le stelle e il cosmo in quella direzione. Solo dal lato nord-sud-est si potevano vedere stelle molto strane, ma dal lato ovest niente... Tutti erano terrorizzati come se dicessero: "Dio santo, questo è un incubo...".

Mio Dio", esclamò Emily terrorizzata, mentre gli altri due non dissero nulla e si limitarono a fissarla a bocca aperta e con gli occhi spalancati.

-L'ho notato qualche ora fa, credo che nessuno l'abbia notato, forse a causa della situazione in cui ci troviamo, ma non so di cosa si tratti... forse c'è troppa gravità in quella zona", ha commentato il leader.

-Non ho mai visto nulla di simile prima d'ora", disse Bobby con sgomento.

-Beh, per ora vado in cabina. Non fatevi prendere dal panico, è l'ultima delle nostre preoccupazioni. Faccia un pisolino e poi ci rimettiamo al lavoro, ovunque ci troviamo dobbiamo uscire il prima possibile", decretò e poi uscì dal portello per raggiungere l'area di controllo a circa cinquantacinque metri di distanza tra portelli e piccole scale.

Pozzetto

-Qualcosa di nuovo, ragazzi? -chiese Jeffrey entrando.

-Non molto", rispose Mike e poi: "Ah! Ora che mi ricordo, quando se n'è andato il segnale si è attivato per qualche secondo, o almeno così diceva il computer, ma dopo che Linna ha provato a fare una chiamata di soccorso si è spento di nuovo, non so....

-Quindi abbiamo solo una comunicazione interna, giusto?

-UJum", mormorò la ragazza sul lato sinistro della finestra.

-Bene, allora aspettiamo... vedo che è un po' tardi. Sette ore senza controllo e altre otto di lavoro, dovreste essere già riposati, io resterò a controllare tutto e poi andrò a riposare", ordinò. -OK", dissero entrambi e poi uscirono nelle loro stanze sul retro.

A quel punto tutto era incerto, nessuno sapeva con certezza cosa fosse successo. Jeffrey aveva mille domande e nessuna risposta. Cos'era quell'insondabile oscurità sul lato sinistro che gli impediva di vedere le stelle o l'ammasso di galassie che avrebbe dovuto vedere? Non si riusciva a distinguere nulla, sembrava solo una finestra chiusa nell'oscurità. Un'altra domanda: in quale regione sconosciuta del cosmo si trovavano, perché anche se era spazio profondo, le stelle che scintillavano a migliaia di anni luce di distanza sembravano di colore e forma diversi dall'universo che conosceva. Questo non gli piaceva affatto, perché, a dire il vero, non faceva molta differenza nel cielo a sette o otto ore di distanza da dove erano teoricamente trascinati dal cerchio della sicurezza. E quelle stelle che si vedevano dall'altra parte non sembravano tali da quella distanza, che per il cosmo era nulla.

Dopo qualche ora e dopo che tutti gli ingegneri e Jeffrey si erano riposati, tornarono tutti ai loro posti. Ormai erano più di venti ore di ritardo rispetto alla tabella di marcia. I militari si guardavano l'un l'altro con disperazione all'interno della camera dell'equipaggio, ignari dell'intera questione dell'oscurità sul lato sinistro. Gli ingegneri di Wadiom stavano ancora aiutando la squadra di Jeffrey a pieno ritmo. Nella cabina di pilotaggio c'erano i due copiloti, nel caso in cui il segnale fosse stato ristabilito, che inviavano un mayday per chiedere aiuto tutt'intorno.

Capitolo 6

-Non ci metteranno molto a sistemare tutto", disse Mike, questa volta disperato, un paio d'ore dopo.

-Non preoccupatevi, saremo presto fuori di qui", rispose Linna.

Ormai avevano perso interesse per il pianeta bitorzoluto di fronte a loro, dove la stella dall'altra parte stranamente non emergeva su nessuno dei due lati. Da quel lato, in teoria, dovrebbe essere giorno. Nonostante l'aspetto terrificante, una luna grande come un enorme asteroide orbitava in lontananza. Erano abituati a vedere così tanti corpi celesti che, nonostante fosse il più strano che avessero mai visto, persero rapidamente interesse e si concentrarono su altre cose più importanti.

Un paio d'ore dopo, immersi in chiacchiere nell'area computer dietro la cabina di comando, il segnale di comunicazione iniziò a riecheggiare incontrollato con un breve ma inquietante messaggio: "Mayday help... Mayday help".

Immediatamente entrambi i copiloti si affrettarono a rispondere, ma non ci riuscirono e risposero solo attraverso il sistema di comunicazione che sembrava dare segni di vita: "Qui è il Babylon, siamo in trappola, mi sentite, chi siete? - Mike gridò in risposta, senza rispondere, un po' sgomento e scosso dalla corsa di dieci metri che aveva fatto dall'area computer alla cabina di comando.

-Che cos'è stato? - esclamò Linna eccitata.

-Una richiesta di aiuto.

- Ma da dove?

-Non ne ho la più pallida idea", sussurrò Mike, guardandosi intorno come se cercasse di scrutare nello spazio profondo e sperare di vedere coloro che avevano chiesto il suo aiuto.

-Computer centrale, puoi fare l'analisi della provenienza del segnale e ripetere la registrazione", ordinò il copilota in tono laconico.

Analisi completata: il segnale proviene dalla navicella Nostradamus, nome di serie CJER654. Distanza stimata di circa 15 mila km dal pianeta sconosciuto. Ripeto che il segnale proviene dalla Nostradamus CJER654 di origine sconosciuta... Il messaggio è il seguente: "Mayday mayday mayday help, help".

Dopo queste informazioni inquietanti e sconcertanti, entrambi gli ingegneri rimasero sbalorditi, chiedendosi come avesse fatto il Nostradamus ad arrivare fin lì e a chiedere ancora aiuto dopo più di un anno di scomparsa. In quella zona sconosciuta.

-Che diavolo è stato? Hai sentito quello che ho sentito io, Linna?

-Sì", rispose scuotendo la testa,

-E... che mondo è questo? Ovviamente non è nel sistema, giusto?

- Ujum", annuì.

- Allora deve essere quel pianeta davanti a noi", ha detto Mike, lasciando intendere che il segnale proveniva probabilmente da quella massa scura.

-Non dirmi che Nostradamus è al piano di sotto e il...

- È quello che si è sentito nel messaggio. Ma guardandoci intorno dubito che ci sia un altro corpo celeste, ed escludo che si trovino sul satellite che orbita intorno a questo pianeta perché non sarebbero sopravvissuti se si fossero scontrati con esso. - Bene, non perdiamo tempo, lo dirò al capitano", disse Mike, allontanandosi subito con passi energici verso il retro del Babylon, a circa 145 metri dalla cabina di pilotaggio. Linna rimase a bocca aperta e guardò sdegnosamente verso l'orizzonte, dove poteva vedere la faccia nera della sfera tumorale che era un pianeta in orbita attorno a una stella morente di luce fioca, tetra e malata.

-Signore", si sentì Mike gridare agitato in lontananza dall'ingresso dell'ampia coda della nave, dove erano distribuiti centinaia di sensori e parte del computer dei motori e dove il capitano si trovava davanti ad alcune lavagne digitali - si girò immediatamente sul fianco sinistro, un po' sorpreso dalle insolite grida del copilota.

-Cosa c'è, amico? Perché sei così sorpreso? Che succede? chiese quando il copilota si sedette di fronte a lui, cercando di riprendere fiato dopo l'estenuante corsa.

-Sono... non ci crederà, signore, ma..." disse il suo allievo più avanzato senza finire quello che voleva dire.

-Dai, riprendi fiato, che succede? Non dirmi che la comunicazione è tornata, vero?

-No, no, signore, ma c'è una cosa", rispose Mike senza ordinare i suoi pensieri, un'azione che lasciò il capitano sorpreso, perché tremava di freddo, forse per una partenza, e questo era anormale per lui perché aveva nervi d'acciaio.

-Cosa vuoi dire con "qualcosa"? Spiegati bene. -ordinò.

-Sì, signore... Linna ed io eravamo nell'area del computer centrale e... all'improvviso il segnale ha iniziato a suonare rumorosamente ed ha emesso un...

- Dai, parliamo di quello che è successo...?

-Aiuto, aiuto, aiuto, aiuto, aiuto, aiuto. Se volete ascoltarlo, è registrato negli archivi e rimarrete sorpresi da chi l'ha inviato. Quando Frederick lo sentì, rimase costernato al punto da interrompere quello che stava facendo, ma non prima di aver avvertito l'ingegnere capo e aver seguito le orme di Mike, che in quel momento non gli aveva detto chi aveva inviato il segnale vocale, e che avrebbe dovuto ascoltarlo e credergli. Superarono la zona in cui si trovavano i militari, chiaramente disperati, ma potevano solo aspettare che venissero ripristinati i controlli dei motori. Dopo essere arrivato nella cabina di pilotaggio, ordinò immediatamente al computer di visualizzare la registrazione, per poi rimanere sbalordito al punto da fargli accapponare la pelle.

-Oh, mio Dio! -Non posso crederci, quelli che sono scomparsi un anno fa, vero? - Mike annuì senza dire nulla. La costernazione li attanagliò al punto che non dissero nulla per qualche secondo...

-E come potete vedere, il computer ha detto che il segnale è stato emesso ad almeno 15.000 km da qui... e come potete vedere l'unico corpo celeste nelle vicinanze è quel pianeta", ha detto Mike indicando il tumore, "al di fuori di qui non si vede nessun altro corpo celeste se non quella stella arrabbiata, ma è ad almeno due ore luce di distanza.

-Su quel pianeta, ma non capisco come possano essere ancora vivi dopo 12 mesi, Mike? -commentò stupito Jeffrey.

-Lo penso anch'io, ma sai che quella voce è quella del capitano Tomas....

-Riproviamoci", disse Jeffrey, premendo alcuni pulsanti dell'ampiezza del segnale per inviare messaggi a tutto ciò che c'era intorno; purtroppo lo fecero per più di 10 minuti, ma non fu ricevuto alcun segnale.

-Non è possibile", pensò tra sé e sé, "per quanto tempo avete cibo su un rimorchiatore, più o meno? - chiese, voltandosi a guardarli, e Linna rispose di getto: "Tre mesi al massimo.

-Dodici mesi non è possibile, ma se quel segnale ci ha raggiunto è perché sono vivi, quello che non riesco a spiegarmi è che il pianeta che vedete all'orizzonte non sembra ospitare la vita, almeno a giudicare dal suo aspetto, ma non sappiamo mai cosa si può trovare su questi mondi. Non ci sarà altra scelta che inviare un piccolo robot sferico e informarci sull'atmosfera se è sicuro entrare.

-Senza dubbio, signore", disse Mike. Non era passata più di un'ora quando Emily e il gruppo avevano finalmente completato con successo la riparazione dei motori. Subito dopo il capitano raccontò all'equipaggio l'intera storia dell'inquietante messaggio di soccorso proveniente probabilmente dal pianeta che avevano di fronte. Non ci furono grandi discussioni, se non alcune teorie che andavano avanti e indietro, ma non erano altro che supposizioni. In seguito, l'ingegnere Emily e il suo team hanno inviato una piccola sonda sferica sul pianeta per indagare la composizione per un'ora e, se possibile, scattare fotografie per un'analisi successiva. Poiché il segnale di ampiezza non era ancora stato ripristinato, non ci sarebbero stati video in diretta, quindi una semplice analisi dell'atmosfera sarebbe stata sufficiente per trarre conclusioni.

Capitolo 7

Dopo la tremenda notizia, almeno i motori del test di prestazione funzionavano al cento per cento, quindi sarebbero stati in condizioni perfette per lasciare quella zona quando avrebbero deciso di farlo. Stavano solo aspettando che il piccolo robot sferico tornasse con i test, cosa che avvenne a tempo debito.

Un'ora dopo

-Wow, è incredibile Jeffrey", disse Emily esortata dopo aver analizzato i dati completi del robot che era entrato nell'atmosfera, sotto gli occhi stupiti di tutta la squadra, compreso il tenente Mark.

-L'atmosfera ha una somiglianza in termini di gas con quella della Terra, ovviamente data la distanza. Apparentemente il pianeta è povero di ossigeno, anche se in teoria è respirabile, non compaiono gas velenosi almeno per cm di spazio, quindi in teoria un essere umano potrebbe sopravvivere. La pressione è simile al livello del mare sulla Terra.

-Va detto che i bassi livelli di ossigeno potrebbero causare vertigini e mal di testa ricorrenti nelle persone non adattate", ha detto la dottoressa Alexandra, al fianco di Emily. - disse la dottoressa Alexandra, in piedi accanto a Emily.

-Che ne dice, capitano? -chiese il tenente e poi alluse: "Non mi dica che vuole scendere?

-Sto ascoltando il tenente audio.

- Perdere, ma scendere in un mondo senza prima esplorarlo è molto rischioso. Vi ricordo che non siamo completi, potrebbe essere una negligenza fare una cosa del genere.

-Non dimenticare che sono io al comando", ribatté Jeffrey. "Non dimenticare che sei uno di noi, e ti ricordo che laggiù ci sono il Nostradamus e il Babel... e se sono ancora vivi dovrebbero esserci almeno 14 persone. Quindi penso che scenderemo", disse il comandante, lasciando l'area del laboratorio dove si trovavano tutti nella cabina di pilotaggio.

-È una follia", si lamentò Sandy con un tono di voce che persino Jeffrey sentì, mentre stava per andarsene e si fermò bruscamente.

-Beh, la mia coscienza mi dice che devo scendere, non mi sentirei bene a lasciarli qui, chiunque nella loro situazione vorrebbe essere salvato, no?

- Ma potremmo uscire di qui e tornare", propose Bobby, appoggiando chiaramente Sandy.

-Mi dispiace, ma siamo già qui e ci vorrebbe molto tempo per tornare indietro e fare rapporto.

molti giorni, e chi ci assicura che saranno vivi per allora?

allora. -Gridò mentre la squadra lo fissava.

come se fosse indeciso, e pieno di una strana paura, solo alla vista del

e individuare quel pianeta malvagio che emetteva qualcosa di innaturale.

molto bene dal punto di vista psicologico.

-Inoltre, la nave è già sistemata, tranne che per la distanza delle comunicazioni, quindi scendiamo, salviamo chi è vivo e usciamo", disse a spese di tutti coloro che non avevano altra scelta che obbedire all'ordine del suo superiore.

-Sarà anche rischioso, ma il capo è lei, signore", disse Mark.

-È ancora presto, quindi tra un'ora marceremo con le due capsule, preparate i vostri uomini", ordinò.

A quel punto nessuno disse nulla e si guardarono l'un l'altro con stupore. Volevano dire qualcosa, ma confutare quell'ordine per paura li avrebbe messi in cattiva luce, perché tra i mercantili c'era sempre la sorellanza di aiutarsi a vicenda in qualsiasi caso.

- Sono con te", ha detto Mike con voce di sostegno in quel momento.

che si è sentito qualche mormorio di sostegno all'ordine. Atto

e poi è uscito, chiudendo il portello dietro di sé, e poi è uscito

Mike.

Due quarti d'ora dopo

-Linna, tu starai con gli ingegneri di macchina", stabilì il capitano dall'interno della cabina di pilotaggio.

-Ma capitano, io voglio venire con lei", disse decisa. "Forza, obbedisci all'ordine", rispose il comandante, "gli altri in tutta la nave vadano a preparare le capsule, partiremo tra pochi minuti", aveva ordinato.

Linna ne fu molto infastidita, anche se la paura le si leggeva nei pori, avrebbe voluto accompagnare colei che amava da anni nella sua solitudine, ma no, la signora Emily, l'ingegnere preferito, preferì andare con lei. Ma che importanza ha", si disse all'improvviso.

Passarono i minuti e tutto era pronto per la discesa delle due capsule verso il pianeta del cavallo nero, come era stato chiamato in un primo momento. Ogni capsula, grande come un piccolo camion, iniziò a scendere lentamente verso il pianeta. In una c'erano i 15 marines guidati da Mike e nell'altra Jeffrey e il resto della sua squadra.

Dodicimila chilometri separavano la nave Babylon dalla superficie del pianeta. Nella migliore delle ipotesi, sarebbe entrata in superficie tra 20 minuti e più...

-Soldati", gridò il tenente Mark nelle retrovie con il suo fucile d'assalto M16 al fianco:

-Conoscete la strategia da seguire quando entrate in un nuovo pianeta: le maschere di concentrazione dell'ossigeno. Sappiamo che la gravità di questo mondo è simile a quella terrestre, quindi non avremo bisogno di tute speciali, ma basterà tenere le maschere di concentrazione dell'ossigeno per ogni evenienza. Nessuno deve trovarsi a più di tre metri di distanza l'uno dall'altro, è chiaro? -Chiese al protocollo e si udì un coro assordante: "Sì, signore, sì, signore...".

-Entriamo tra cinque minuti, allacciate le cinture di sicurezza", disse Mike, che pilotava la piccola imbarcazione ed entrava nel raggio d'azione del pianeta oscuro... All'interno dell'altra capsula che seguiva a breve distanza, si discuteva di cose simili e dei protocolli di sicurezza da seguire.

-Buon Dio, è così nero", disse qualcuno dietro Jeffrey, "luci alla massima potenza, teneteci informati, computer", ordinò il capitano.

Computer centrale: inizio dell'ingresso nell'atmosfera di un pianeta sconosciuto... pressione atmosferica nella norma", si sentiva dire dal computer mentre la scheda traballava per il calore frenetico che iniziava a salire e per l'energia necessaria a fare tutto questo...

-Ehi Mike stiamo entrando, tutto bene lì?

-Copiato, stiamo andando bene per quanto possibile, sai i movimenti
furioso nella cabina di pilotaggio", ha riferito.

-Ci dispiace che non sia l'unico. Ci vediamo di sotto, se riusciamo a gestire l'oscurità.

-C'è una densità di nuvole nere dovuta alla scarsa illuminazione.
Speriamo che si veda qualcosa sullo sfondo!
altrimenti dovremo andare dall'altra parte dove sembra che la
luce solare, ma ci vorrebbe più tempo per arrivarci capitano.

-Certo! Speriamo di vedere qualcosa, oltre che fuori.
Dopo alcuni frenetici minuti di ingresso nel pianeta, è stato finalmente
si era fermato ai piedi di una minacciosa montagna rocciosa e
gigantesco. Dove misteriosamente si poteva vedere al meglio.
una catena montuosa di cime e pendii spogli che non presentano alcuna
non aveva fine. Dove le scene grigiastre all'orizzonte animavano le
terrore primitivo dell'ignoto. Nessuno voleva indubbiamente
dai moduli e di esplorare l'intera catena, ma da
In qualche modo dovevano farlo, perché non importa quanto abbiano lanciato
più e più volte i messaggi di contatto, ma non c'è stata risposta.

-Cavolo, che strano mondo è questo, da fuori non riesco a vederlo.

La luce non arriva, ma, sebbene non sia molto luminosa, non è molto intensa.

Possiamo vedere le nostre mani, anche se c'è una certa
buio dappertutto", ha commentato Emily,
- In effetti, è molto strano. Guardate! Quel gigantesco
montagna di fronte a noi, se potessimo mettere l'Everest lassù
ci starebbe almeno tre volte", ha commentato Luke stupefatto con
la vista dalla cima di quella colossale opera d'arte.
natura. Gli altri annuirono guardando fuori dall'interno del

capsula negli insondabili orizzonti in cui un numero infinito di giganteschi picchi apparivano e scomparivano.

-Pensi che ci sia vita qui? -chiese esitante da un
secondo ad un altro Bobby.

-Non vorrei conoscere la risposta", rispose.

Sandy con un tono risentito perché pensava che fosse un reverendo
stupidità del capitano che scende su un pianeta senza
riconoscimento da parte delle forze governative
per mitigare i pericoli.

Dopo qualche minuto davanti a loro, Mike è atterrato con i militari.

-Almeno questa parte è aperta", aveva comunicato a Mike, Jeffrey.

-Esatto, amico, possiamo esplorare un po' e poi tornare, che ne pensi? -Penso che sia perfetto. Lasciamo le navi dietro quei piccoli cumuli davanti a noi. Detto questo, fecero così e poi, con la paura nel cuore, passarono a esplorare un enorme canyon fiancheggiato da montagne gigantesche, dove le ombre giocavano a essere mostri che potevano uscire da un momento all'altro e divorarli, quella paura primitiva che viene a galla nelle situazioni estreme. La gola del canyon iniziava circa settanta metri a destra del punto in cui erano atterrati.

-Cinque gruppi di tre ai lati, uno davanti e uno dietro", aveva ordinato il tenente Mark ai suoi subordinati, che eseguirono l'ordine iniziando l'esplorazione del gigantesco canale che si apriva attraverso una gola di una cima colossale, dove il terreno era impregnato di graniglia di colore scuro e di rocce rovinate dagli agenti atmosferici.

Dopo aver percorso più di due chilometri senza notare assolutamente nulla, Jeffrey decise di tornare indietro, ma proprio mentre stavano per farlo:

-Mio Dio, guarda! - gridò uno dei marines di lato, indicando quello che sembrava un antico sentiero che era stato innumerevoli eoni fa, ma che nonostante il tempo giaceva immacolato nella roccia e conduceva su per una ripida scogliera.

-Un sentiero di roccia... che porta a una grotta incastonata nella montagna", disse Mark, mentre gli altri guardavano stupiti. Davanti a loro, a non più di 300 metri di distanza, c'era l'ingresso di una grotta larga almeno 3 metri e alta 3 metri.

-Non ditemi che state entrando", disse uno dei medici, "il capo è molto testardo", sussurrò Bobby, con i capelli in testa. La maggior parte della squadra di Jeffrey, interiormente, non voleva andare in quel luogo minaccioso. I marines sembravano in attesa, ma in teoria erano abituati al pericolo.

-Soldati, avanti", aveva ordinato Mark a metà del suo gruppo. I soldati avanzarono furtivi e attenti, guardando intorno alla montagna pietrosa mentre salivano il sentiero sconnesso attraverso la penombra piena di ombre; verso il paesaggio e la scena lurida e inquietantemente malvagia.

- Bobby, secondo te quanto tempo fa? Tu ne sai qualcosa di archeologia", commentò Emily. -Beh... calcolando il fondo roccioso dove stiamo andando, non credo che possa trattarsi di eoni, milioni di anni, se capisci cosa intendo.

-Di cosa stai parlando? Milioni di anni, wow!

- Sì, lo so, la roccia è già erosa e si tratta di roccia granitica. E ci vogliono milioni di anni perché ciò accada. Chiunque l'abbia costruita, a quanto vedo, è scomparso molto tempo fa, altrimenti qui ci sarebbe tutto con segni di vita", disse alzandosi di nuovo, dopo aver tastato alcune rocce sul sentiero scavato.

- Che cosa, non credi? Dottore", disse Luke. Mike si avvicinò pensieroso, non poteva credere che stessero andando in quella grotta, chissà quali sorprese li attendevano. E temeva non tanto per se stesso quanto perché nessuno lo sapeva, ma amava una ragazza di Cleveland e se fosse successo un incidente non l'avrebbe più vista, ecco cosa lo faceva immergere nei suoi pensieri. Dopo questo viaggio si sarebbe licenziato e avrebbe trovato un altro lavoro sulla terraferma, senza i pericoli di far parte di un costoso cargo di minerali.

Dopo un quarto d'ora di estenuante arrampicata erano finalmente approdati all'ingresso dell'antica grotta, che non sembrava mostrare alcun segno di vita, anzi, sembrava che nessuno fosse stato lì da migliaia di anni a giudicare dall'arenaria e dalla roccia della montagna sottoposte alle intemperie e dall'arco all'ingresso.

In formazione militare, i soldati iniziarono a entrare dopo aver trovato l'ingresso completamente vuoto. Notarono che si trattava di un lungo tunnel che conduceva a un percorso ramificato come se fosse una biforcazione di cinque stretti passaggi larghi non più di due metri l'uno e alti quattro metri su roccia sbozzata. Tutta l'équipe era sopraffatta e turbata, perché era la prima volta che vedevano qualcosa di simile, qualcosa di un'altra civiltà. Sebbene negli ultimi vent'anni Wadion e i governi americano e russo avessero scoperto pianeti adatti alla vita, non avevano mai trovato vita intelligente o indizi di un luogo del genere, o almeno vita altamente intelligente, a giudicare dalla costruzione che stavano esplorando a malapena e che si perdeva in un'oscurità insondabile...

-Non dirmi che ci vai, Jeffrey, è una follia", brontolò Sandy, a un passo dall'ingresso, la più riluttante, a causa di quella decisione.

-Non abbiamo mai scoperto nulla di simile prima d'ora. So che siamo qui per Nostradamus e per chiunque altro sia vivo, ma essendo qui, non crede che sarebbe stupido rimandarci indietro? -Il comandante era entusiasta della scoperta, che avevano appena iniziato a esplorare.

-Lei è pazzo, capitano", disse uno dei medici, un commento che non era mai stato fatto prima e che stupì tutti.

-Sono io il responsabile. Questa potrebbe essere una pietra miliare per l'umanità", rispose ancora, un po' più turbato dalla mancanza di rispetto.

- È pericoloso. Andare in un luogo buio... non è possibile.

- Beh, rimani pure qui se vuoi", rispose, "ma noi andiamo, non ci vorrà molto, torneremo presto".

Dopo quell'accesa e fugace discussione, le luci degli elmetti dei marines cominciarono a farsi strada nella fitta oscurità. Tra tutti i sentieri, scelsero quello di mezzo, il più largo, che, secondo loro, li avrebbe condotti al luogo più importante, qualunque fosse stato il percorso.

-È impazzito", brontolò Sandy, e poi non ebbe altra scelta che raggiungere l'altro dottore e gli altri. Senza dubbio, nessuno voleva addentrarsi in quei sentieri scavati nella roccia e che, a quanto pare, avevano decine di eoni quando furono creati. Dopo circa dieci minuti di imperscrutabile buio perpetuo, le luci degli elmetti dei marines illuminarono qualcosa che agghiacciò i più coraggiosi del gruppo. Alla fine del corridoio principale del ramo che avevano preso, qualcosa li fermò. Era qualcosa che non avevano mai immaginato nei loro sogni più sfrenati. Si trattava di una gigantesca camera alta più di cinque metri scavata nella roccia e lunga forse quanto mezzo campo da calcio, con alcuni enormi pilastri al centro e decine di statue in frantumi sul pavimento, che indicavano che era stata una specie di palazzo milioni di anni fa.

Nessuno osava dire nulla, solo le luci dei soldati puntavano in tutte le direzioni e non stavano ferme. Sul lato sinistro c'era un lungo sentiero che indicava di proseguire, e sul lato destro si vedeva la diramazione di un sentiero gemello a quelli iniziati metri indietro che proseguiva e si perdeva girando sull'enorme parete di roccia dove arrivavano le luci.

-Ve l'avevo detto, ve l'avevo detto", gridò il comandante piuttosto eccitato, "c'era vita intelligente su questo pianeta", gridò ancora, mentre anche gli altri provavano un'eccitazione aliena, ma pur sempre eccitazione, e naturalmente volevano farne parte in qualche modo.

-Non dimenticare quello per cui siamo venuti", ribatté Sandy nervosamente, mentre intravedeva quel luogo che sembrava avere milioni di anni, qualcosa di incommensurabile e difficile da credere. Senza dubbio non aveva migliaia di anni, ma almeno eoni di anni a causa dell'erosione della roccia e di alcuni suoi dettagli. Mentre procedevano, un'altra grande sorpresa li fermò. Davanti a loro apparve un misterioso trono di dimensioni antropomorfe, alto più di tre metri e largo due, ornato da strane pietre che scintillavano alla luce e non erano zaffiri o altro di familiare. Sul rivestimento di roccia levigata si potevano scorgere strani simboli arcaici e sulle pareti simboli misteriosi e diabolici di creature malvagie per dedurre chi li avesse messi lì.

-Usciamo di qui, capo", disse Bobby in tono perplesso, "non mi piace, è così sinistro". - Siamo d'accordo con lui", sussurrarono in coro le donne medico.

-Aspetta ancora un po', fammi sapere di cosa si tratta", disse Jeffrey, il più eccitato dalla rivelazione. - Emily mi sostiene", sussurrò Bobby.

-Siamo quasi in partenza, aspettate!

-Lo appoggi sempre in tutto, sembra che ti piaccia.

-Non piace neanche a me, ma lui è il capo e guarda, non succederà nulla, sta solo facendo delle foto, forse il suo entusiasmo è dovuto al fatto che è sempre stato affascinato dall'archeologia.

A poco a poco si addentrarono sempre di più in quell'edificio senza nome e dal mistero inconfessabile. Dove, a ogni lampo di luce di una lanterna, si potevano scorgere oggetti che alludevano a esseri amorfi e antropoidi dalle sembianze malvagie uscite dal peggiore degli incubi.

-Che brutti simboli e creature sul muro. -disse uno dei marines incaricati dell'esplorazione.

-Probabilmente erano le loro divinità primitive o qualcosa del genere", commentò Mike accanto a Jeffrey.

-Questo tempio, o palazzo o altro, non sembra fatto da una tribù primitiva, ma da qualcosa di molto elaborato, a giudicare dall'architettura misteriosa e incredibile", disse Mark mentre si trovava accanto a un gigantesco trono che a prima vista mostrava segni di una lingua arcaica, dove un misterioso essere antropomorfo combatteva contro una specie di essere con la testa di piovra di dimensioni colossali.

-E poi, guardate questo trono, chiunque si sia seduto qui avrebbe dovuto essere come minimo un nephilim", sottolineò scherzosamente Luke.

- Non dire sciocchezze", la confutò Sandy, puntandole la torcia in faccia. Era visibilmente la più nervosa del gruppo e non riusciva a staccarsi da Alexandra, il suo capo, che non pensava nemmeno lei che fosse una buona idea rimanere in quel posto squallido.

-Questa vale milioni, capitano", disse uno dei marines mentre illuminava una pietra simile a una gemma incandescente sul retro del trono.

-Non lo so, ma è come uno zaffiro, deve valere milioni... Beh, non se ne parla, signori, non possiamo prendere nulla, siamo qui solo per esplorare. -Sono stati interrotti da Jeffrey che voleva chiaramente continuare a esplorare e non fermarsi a un semplice oggetto.

- Guardi qui, tenente", gridò improvvisamente uno dei marines, indicando la luce dietro un pilastro in fondo al trono...

-Sembra una sagoma", disse un altro soldato con esitazione, sbirciando attraverso una piccola sezione di grata di pietra che lasciava intravedere l'interno. - Porca vacca", disse Mark, che arrivò immediatamente, "Capitano, può venire", disse il tenente con voce ferma per quanto poteva vedere. -Jeffrey si incamminò frettolosamente e gli altri attesero al di là di due pilastri che bloccavano la vista della scena a cui stavano assistendo.

-Da qui non si vede bene, perché è ostruita da un muro crollato che è caduto proprio davanti alla porta. -Marco disse: "Riesci a vedere qualcosa? - chiese un marine che stava cercando di scavalcare il gigantesco muro per raggiungere una piccola apertura in cima alla porta rimasta bloccata, ma sufficiente per passare dall'altra parte.

Dopo essere passato dall'altra parte del muro, con un certo sforzo, entrò in una stanza piccola rispetto all'altra, dove si poteva vedere una statua alta almeno tre metri seduta su uno strano altare, di colore scuro e che, per quanto si poteva vedere, aveva completamente dettagliato tutti i tratti del viso, tanto che alla luce delle lampade tintinnanti appariva un volto senza occhi e con una testa allungata, forse fino alla zona della schiena. Il suo corpo aveva alcune caratteristiche umanoidi antropoidi, ma con una coda avvolta intorno allo stomaco e una punta d'osso acuminata... la sua bocca, per quanto si poteva vedere, aveva labbra retrattili e una fila di denti come lame, del tutto orribili, deformi e storti, ma che se fossero stati reali avrebbero fatto cagare qualsiasi organismo...

-Che brutta cosa", mormorò uno dei marines guardando la creatura raffigurata in quella statua antropomorfa dall'aspetto sinistro e diabolico.

-È una statua, non c'è bisogno di avere paura... soldato, puoi farle una foto prima che ce ne andiamo", disse Jeffrey che riusciva a malapena a distinguere la sagoma di un lato della sinistra sfinge all'interno di quel recinto che sembrava un altare. -Va bene", rispose il soldato avvicinandosi alla statua sullo sfondo. C'era un certo timore nella sua camminata, ma era determinato. -C'è un modo per raggiungere il lato che si può vedere da quella parte?", chiese ancora il capitano.

-No, signore. Non c'è niente, è una camera chiusa... ci sono molti oggetti strani sul pavimento, forse è un altare. - Bene, scatta qualche foto e usciamo di qui", aggiunse il capitano. Il soldato si diresse verso la statua blasfema eretta sul retro della porta bloccata da un muro crollato. Per mettersi di fronte all'enigmatica figura. Erano almeno cinque metri di buio totale quando, in un punto cieco, si perse alla vista di tutti e cominciò a scattare foto avanti e indietro a giudicare dai lampi di luce che illuminavano sezioni tintinnanti del luogo. -Come va, soldato? -Ho quasi finito, ora prendo la statua. Proprio mentre stava per farlo, si udì un urlo di orrore, che riecheggiò in tutto il luogo, immediatamente - Soldato, cosa c'è? -gridò Mark. Immediatamente tutti alzarono i fucili d'assalto in direzione della stanza. Non passarono più di tre secondi quando si udì un altro urlo straziante provenire dalla stessa direzione, e poi un altro dopo l'altro, poi un altro e un altro ancora, e infine un urlo straziante che diceva: "Correte, andate via...".

Dopo aver sentito quell'urlo spaventoso da parte del suo compagno, "Usciamo di qui", gridò Mark a squarciagola, mentre tutti correvano con orrore verso la strada principale che portava fuori dalla zona. Indubbiamente, qualcosa di terrificante e malvagio si trovava in quella stanza e non era nulla di buono. Si sentì qualcosa che iniziava a seguirli da vicino. ....

-Maledizione, ve l'avevo detto che c'era qualcosa lassù", brontolò uno degli ingegneri mentre si affrettava a percorrere lo stretto corridoio di pietra che portava all'uscita. Dietro di loro, gli spari cominciarono ad esplodere dopo che qualcosa aveva iniziato a colpire i marines che stavano portando le retrovie.

-Qualcosa ci sta attaccando, tenente", gridarono le voci alle spalle, "andate avanti, non restate indietro a sparare, forza", ordinò il tenente, che precedeva di qualche metro gli ingegneri.

Rapidamente, due o tre cariche arrivarono per qualche secondo, ma altre urla di terrore echeggiarono come se qualcosa li stesse trasportando verso il luogo in cui si trovavano pochi minuti prima. Dopo un silenzio opprimente per alcuni secondi, cominciarono ad apparire suoni insoliti e sinistri vicino ai loro passi. Qualunque cosa ci fosse non aveva buone intenzioni.

Fortunatamente, in meno di tre minuti avevano attraversato il passaggio che portava all'ingresso della grotta, per poi iniziare a scendere un centinaio di metri di pietra. -Correte, non fermatevi", disse il gruppo di marines all'ingresso della grotta e iniziò ad aprire il fuoco nel caso in cui qualsiasi cosa li stesse inseguendo non si fosse fermata. Subito dopo che la squadra di Jeffrey ebbe finito di scendere, i marines si assicurarono che non ci fosse nulla a seguirli e cominciarono a scendere sulla difensiva fino ai piedi della montagna del canyon, per poi iniziare a correre verso le capsule. Dopo circa venti minuti di corsa estenuante, raggiunsero finalmente i piedi della montagna colossale dove erano atterrati un'ora prima, ma con grande sorpresa e stupore di tutti: le navi erano scomparse. Questo, per la situazione in cui si trovavano, era già spaventosamente grave. E temevano il peggio: di essere circondati.

-Non può essere", gridarono alcuni membri dell'equipaggio di Jeffrey. I marinai guardarono con terrore verso l'uscita del canyon da dove erano arrivati pochi minuti prima. Sapevano che qualsiasi cosa li avesse attaccati sarebbe stata là fuori a cercarli.

-Guarda cosa hai fatto, capitano, con la tua brama di gloria", gli rinfacciò Mark, un po' arrabbiato per gli uomini che aveva perso, "so che sei tu al comando, ma ho già perso cinque uomini e siamo rimasti in dieci, e qualunque cosa sia quella cosa che ci ha attaccato lassù, non credo che rimarrà, così, una volta che avremo profanato il suo tempio....

Jeffrey non disse nulla, si limitò a guardare a terra, con la mascella serrata mentre sguardi furtivi e furiosi lo coprivano. - Beh, smettiamola di incolparlo, non ci guadagneremo nulla", disse Emily cercando di calmare gli animi di fronte alla situazione desolante, "qualcosa ha preso le capsule e questo non è un bene... qualcosa di intelligente ci sta perseguitando, perché se fossero state bestie irragionevoli non avrebbero preso le navi.

-Non saremmo mai venuti in questo dannato mondo", ribatté Sandy, questa volta con un tono più furioso che includeva anche imprecazioni e vituperi verso Jeffrey, che non fece nulla per difendersi.

-Mi dispiace dirlo, signore, ma sono d'accordo, non mi è sembrata una buona idea fin dall'inizio", disse Mike aggiungendo benzina al fuoco, anche se in verità era stato l'unico a difendere un po' il capitano, ma dopo la situazione che si era creata aveva espresso la sua vera opinione.

Jeffrey non disse nulla, ma aveva un'aria inquieta e un po' rassegnata, aveva indubbiamente perso la voce e il comando. I militari puntavano in tutte le direzioni, soprattutto in cima alla vicina vetta.

-Cosa facciamo adesso, capitano? - Le domande cominciarono a piovere su di lui, che all'inizio non sapeva cosa fare, ma poi lo fece:

-Ho l'interfono con il ricevitore di segnali", disse, "il che ha fatto molto piacere a tutti. - Meno male, comandante, che manderà a chiamare Linna, vero? -sussurrarono alcuni di loro. - affermativo.

-Linna Linna, mi senti? Dai, rispondimi... Sì, capitano, cosa c'è? -Linna rispose in tono poco amichevole, -Cosa c'è che non va Linna? Perché non rispondevi?

-Niente capitano, cosa potrebbe succedere... e lei sembra agitato, cosa sta succedendo? - disse sarcastico, facendo un piccolo sorriso dalla cabina di pilotaggio.

-Ti spiegheremo tutto più tardi, so che abbiamo finito le capsule, potresti venire a prenderci, è urgente per favore", si sentì dire in preda al panico. -Mi dispiace signore", rispose lei, "cosa, di cosa stai parlando Linna?

-Mi dispiace, non so cosa stia succedendo laggiù, ma...

-Linna, perché riattacchi? Linna-.

-Che succede, capitano? - chiesero alcuni quando videro la sua faccia preoccupata - Linna riattaccò. Allora tutti risposero con un lungo "cosa?

È impazzita? -Bobby borbottò, "Dammi l'interfono", disse Sandy, strappandole l'apparecchio in modo molto sgarbato, "Ehi Linna, dai! Rispondi a una stupidaggine, - calmati - la rimproverò fermamente Emily - non otterrai nulla facendo così - e poi fece lo stesso senza successo.

Purtroppo, l'odio aveva corroso Lanny a tal punto che il suo cuore stava scoppiando di risentimento verso il capitano, per non averla mai presa sul serio in più di un anno di conoscenza, perché per lui era solo una ragazza, mentre Emily era una donna. Questo gli fece fare l'impensabile. Dal momento in cui erano partiti tutti per il pianeta, il suo piano cominciò a funzionare. Sapeva che non ci sarebbero stati testimoni e che nessuno avrebbe sospettato che fosse venuta sulla Terra. Quindi sbarazzarsi degli ingegneri a bordo sarebbe stato un gioco da ragazzi. In suo possesso c'era un'arma che avrebbe potuto usare facilmente, in altre parole, nessuno sarebbe rimasto vivo. Sebbene anche per lei fosse un rischio elevato farlo a causa dell'insolito fenomeno che si era verificato, il piano era comunque pronto. Quindi, la prima cosa che avrebbe fatto prima di lasciare quell'area per la terraferma sarebbe stata quella di sbarazzarsi degli ingegneri, ovvero tre donne e due uomini che aspettavano nelle rispettive stanze dietro l'area dell'equipaggio.

-Che cos'ha Linna? È pazza", gridarono le dottoresse. Alcuni ragazzi cominciarono a bestemmiare in aria e due marines si avventarono sul capitano Jeffrey che, come meglio poteva, li scrollò di dosso, minacciandoli di licenziamento per aver mancato di rispetto a un ufficiale superiore. Dopo il fugace combattimento, il problema rimaneva: uscire dalla zona il prima possibile, ma come?

-Se la nave Nostradamus è qui, potremmo...

-Ma come hai potuto dire una cosa così sciocca?", lo rimproverò Bobby con rabbia. Quell'innocuo e scherzoso ingegnere era ora furioso. - Non vedi le dimensioni di questo pianeta, almeno è grande come la luna. Non è facile, è come cercare un ago in un campo di grano.

-Basta con i combattimenti. Dobbiamo muoverci", disse il tenente, "almeno abbiamo l'ossigeno e con questi concentratori non ci saranno problemi, il problema è che abbiamo acqua sufficiente solo per un altro giorno. - Muoviamoci.

All'interno della Babylon, un colpo dopo l'altro fu sparato, togliendo la vita a ciascuno dei cinque ingegneri che vi erano saliti e che avevano invano implorato per la loro vita fino all'ultimo momento. Poi, dopo un'ora estenuante, Linna trasportò i cadaveri fino alla parte finale, dove i detriti spaziali furono scaricati nello spazio profondo. Linna sapeva il male che aveva fatto, ma non c'era rimedio, sapeva che, anche se la addolorava aver praticamente condannato a morte il suo amato capitano laggiù, era anche consapevole che era giovane e che prima o poi sarebbe arrivato un altro a prendere il suo posto, e uno che poteva essere suo di diritto. Inoltre, nonostante la giovane età, se le cose fossero andate bene, avrebbe potuto prendere il comando della Babilony con uno stipendio molto succulento, almeno dieci volte superiore a quello che guadagnava, più alcune agevolazioni per vendere materiale per conto proprio, cosa che il capitano non faceva per onestà.

-Motori accesi, sistema ottimale da avviare. -OK computer, posizionarsi sul pianeta 13 prendendo le seguenti coordinate...

Sistema avviato in rotta verso il pianeta 13...

Non ci volle molto perché la Babylon prendesse una nuova strada, anche se la sua fortuna fu di breve durata. Dopo qualche migliaio di chilometri nello spazio profondo e il terrore che ne derivò, si rese conto che erano intrappolati in una sorta di universo alternativo che convergeva con il nostro o che era in un certo senso una capsula del tempo esterna al presente, perché nulla poteva passare attraverso quello strato oscuro una volta assorbito, almeno questa era la sua teoria. Il terrore la attanagliò a tal punto che decise di tornare indietro, sì, proprio come avete letto, decise di tornare sul pianeta oscuro anche se si perse un paio di volte. Non c'era modo per lei di uscire da quel pasticcio se non avesse trovato una spiegazione solida di ciò che era accaduto agli ingegneri. Perché anche se nessuno riusciva a capire cosa avesse fatto, una volta tornata sulla Terra avrebbero indagato a fondo sul caso. Ma in quel momento non le importava più di tanto: per quanto fosse astuta, avrebbe saputo spiegare tutto col tempo, l'importante era andarsene da lì, se possibile.

Capitolo 8

Nel mondo oscuro stavano accadendo cose non molto piacevoli. Con tutto questo e il terrore che li coglieva, cominciarono a cercare un rifugio teoricamente sicuro per trascorrere la notte che sembrava eterna su quel lato. A questo punto avrebbero preferito atterrare dall'altra parte, dove la perpetuità della stella sembrava essere sempre nello stesso posto, anche se il caldo era sicuramente avvolgente. La cosa strana è che, anche se si trattava del lato oscuro, la temperatura si aggirava intorno ai venti gradi centigradi, abbastanza con i cappotti che avevano. Almeno in questo erano fortunati.

-Guardate oltre quel crinale, a circa venti metri dalla cima c'è una specie di grotta lunga qualche metro", disse Mark mentre marciava verso la zona con il fucile tenuto alto in aria, "Non è molto profonda, sarà un buon posto per riposare, almeno possiamo sparare se si avvicina qualcosa. Sbrigatevi e rimanete ai piedi della cresta", ordinò ad altri tre marines che stavano dietro.

Pochi minuti dopo

Dopo che tutti si furono sistemati e raggomitolati per riposare dopo il terrificante incontro con l'entità sconosciuta dall'aspetto ignoto, Emily, la più alta in grado dopo il capitano, chiese con calma per non turbare i nervi della maggioranza, che in realtà erano già più calmi se potevano esserlo. Emily, la più alta in grado dopo il capitano, chiese con calma per non turbare i nervi della maggioranza, che in realtà erano già più calmi, se potevano esserlo:

Ma prima che qualcuno di loro potesse rispondere, nella penombra, a circa due chilometri dall'ingresso della gola che conduceva al canyon dove erano stati ore prima, avvistarono un gruppo di antropoidi di statura umanoide con vesti scure che coprivano le loro teste, che marciavano a passi irregolari tenendo in mano una specie di gabbia di medie dimensioni che impediva di vedere il contenuto, ma che evidentemente, a detta di tutti, era qualcosa che stavano trasportando per essere macellato. Non potevano seguire la vista perché da dove si trovavano c'era un punto cieco nella montagna colossale che impediva loro di seguirla. La paura li attanagliò almeno momentaneamente. Chiaramente questi esseri erano intelligenti e si stavano dirigendo proprio verso il luogo in cui erano stati attaccati. Ma a giudicare dall'andatura letargica, evidentemente non si trattava della cosa malvagia che li aveva attaccati nell'oscurità di quel palazzo.

-Calmatevi", disse Mark. Alcuni membri della squadra, come i medici e Bobby, cominciarono a tremare, e la scena inquietante era resa più grave e sinistra dall'oscurità che avvolgeva l'intero luogo. -Chiama di nuovo Linna", propose Mike a Jeffrey, ma prima ancora di farlo, dall'altoparlante del capitano si udì un'intercettazione di comunicazione: "Aiuto Mayday, qualcuno ci sta ascoltando, siamo su un pianeta sconosciuto che dallo spazio sembra completamente buio, per favore aiutateci". Era Tomas, il capitano della Nostradamus.

-Amico Tomas, sei tu?

-Capitano Jeffrey, sì, sono io. - rispose con una gioia così indescrivibile che la sua voce si incrinò per un attimo.

-In che zona si trova? Credo che siamo nello stesso posto, qualcosa ci ha trascinato e... (problemi di segnale).

-Grazie a Dio. Non so esattamente.... siamo caduti nella zona oscura del pianeta.

-Ma ne sapete di più o di meno.

-Nella catena montuosa la più grande. -Rispose Tommaso.

-Almeno allora eravamo fortunati ad essere vicini", disse Jeffrey prima di chiedere immediatamente a Tomas. - Cosa vi è successo?

-È una lunga storia, ma qualcosa ci ha attaccato.

-Santa vacca, di cosa avevo paura", sussurrò, "potete camminare lungo la zona della collina, siamo a metà strada, ora vi darò le indicazioni", disse il capitano con una speranza che si intravedeva nel tunnel, "bene, senza perdere altro tempo lo faremo". Dopo quel richiamo speranzoso, senza perdere altro tempo e nonostante la paura, cominciarono a guidarsi con i segni che il capitano del Nostradamus aveva dato loro. Lungo il pendio iniziarono a camminare sul lato sinistro della catena montuosa. In realtà, mancavano almeno cinque ore a passo sostenuto da dove si trovava Tomas.

Linna era ancora lontana nello spazio profondo, ma sarebbe arrivata al più tardi tra un paio d'ore per salvarli dopo la loro fuga senza successo.

-Sembrava un demone, quella cosa..., che sicuramente adora quelle cose che sono passate in lontananza con la gabbia", commentò Luke con uno sguardo vuoto, cercando di sembrare forte e di tornare dalla sua amata sulla terra.

-Non era una statua? - chiese Mark.

-Sembrava", ha detto uno dei marines.

-Non era la sfinge, sono sicuro che c'era qualcosa che si nascondeva nell'oscurità". -Ed è questo che ci ha attaccato", disse un altro uomo terrorizzato, "o forse la statua è una rappresentazione di ciò che si nasconde lì dentro", aggiunse un altro.

-Povero Liam, la sua famiglia sentirà la mancanza sua e degli altri che hanno perso la vita", si sussurrava debolmente.

- Smettetela di dirlo", comandò il tenente in testa mentre teneva ben saldo il suo fucile d'assalto al centro di quel sentiero sconnesso e roccioso che degradava pericolosamente verso sinistra e dove dovevano concentrarsi altrimenti sarebbero scivolati e caduti almeno dieci metri più in basso e sarebbero scoppiati su rocce taglienti. Finalmente, dopo qualche ora di cammino difficile ma senza intoppi, arrivarono più o meno alle indicazioni che Tomas aveva dato loro, e la maggior parte del gruppo stentava a credere che fossero ancora vivi dopo più di dodici mesi di scomparsa. Non ci fu nemmeno il tempo di assimilare la sorpresa per la situazione disperata in cui si trovavano, e così andarono, anche se con una certa incredulità che si trattasse di una pareidolia mentale o di un'allucinazione collettiva.

-E se gridiamo ai piedi della cima, forse ci ascolteranno", sono state alcune proposte sentite in assenza di risposta dopo diversi minuti di grida: "Dov'è il capitano Tomas?

- No. Potrebbe essere pericoloso", rispose Mark, scuotendo leggermente la testa. Jeffrey era rimasto in silenzio, forse per l'imbarazzo, e trovarsi in questa situazione era in parte colpa sua, per certi versi, si disse.

- Capitano Tomas, Capitano Tomas", gridò gran parte della squadra a una sola voce, mentre Jeffrey faceva lo stesso attraverso l'interfono, ma non ci fu alcuna risposta. Forse a causa delle alte montagne che interferivano con il segnale, o forse perché si trattava di un pianeta con molti ostacoli nelle vicinanze.

Continuate a gridare - deve essere questa, questa è la parte in cui si vede in lontananza una colossale montagna a due cime, come ci ha detto Tomas, ed è questa via.... - Jeffrey ha commentato.

Non sono passati più di dieci minuti quando il segnale è tornato di nuovo e chiaramente non si trattava di un'allucinazione collettiva, tutti stavano ascoltando. - Vi ho visto, gente, siamo dall'altra parte della valle rispetto a dove vi trovate, muovetevi in fretta. - La voce di Tomas risuonò e poi fu interrotta da strani rumori.

- Bene, avete sentito l'uomo", disse Mark, scendendo attraverso una parte accessibile verso i piedi della cresta e poi attraversando un'area aperta di almeno mezzo chilometro, che era coperta da una pianta scura simile alla Sansevieria, ma più gelatinosa e compatta nell'aspetto. Non si vedeva nient'altro che quel tipo di pianta sconosciuta in quel mondo buio e semisecco; evidentemente doveva esserci dell'acqua, pensarono, perché Tomas fosse sopravvissuto così a lungo lì.

Dopo una camminata di oltre otto minuti il segnale arrivò di nuovo: - Ti vedo amico - risuonò nelle orecchie di Jeffrey che aveva attivato l'altoparlante.

-Guardate laggiù! Ci sono due ombre umanoidi ai piedi di quella montagna", gridò uno dei marines, poi cinque di loro fecero un passo avanti su ordine di Mark per assicurarsi che fossero davvero loro.

-Sono io, amico mio", si udì di nuovo e poi il segnale fu interrotto.

-Se è la stessa camminata", disse Jeffrey, camminando al passo con i marines davanti a sé.

Dopo una breve ed estenuante corsa arrivarono, e sicuramente si trattava del capitano Tomas del Nostradamus, uno dei primi piloti del Wadiom, che aveva già circa 47 anni, ma da come si presentava non sembrava più di quell'età. Per come era vestito, probabilmente era un assistente tecnico. Senza perdere tempo si salutarono calorosamente. Poi Tomas gli disse di accompagnarli nella grotta dove si trovavano altri due membri del suo equipaggio e che era pericoloso stare in terreno aperto. Nonostante l'esultanza e la gioia che provavano, non dissero nulla durante il tragitto su ordine di Tomas, che sembrava piuttosto magro per quello che era, forse a causa del basso apporto di proteine e carboidrati. Comunque sia, entrambi sembravano troppo invecchiati, e il loro compagno, che normalmente non avrebbe avuto quarant'anni, sembrava sulla cinquantina e dall'aspetto malaticcio.

-Stiamo tornando indietro in una gola tra colline alte come piccoli edifici, non mi piace per niente", mormorò Bobby al suo capo, che era chiaramente diventato il principale avversario del capitano. Non gli piaceva la sua decisione di metterli in pericolo nella grotta.

-Dove stiamo andando, signore? - Mark chiese al vecchio, che in quella situazione aveva preso il comando e il silenzioso rispetto del gruppo per le sue azioni coraggiose da quando li aveva salvati nella grotta.

- Alla fine di questa gola c'è una grotta piuttosto grande dove ci siamo nascosti per tutto questo tempo. Una volta arrivati vi racconteremo tutto, per ora è meglio andare in silenzio. - disse mentre giungevano a un bivio in un sentiero naturale creato dall'erosione dell'acqua stessa. Vedendo questo, tutti dissero che era una buona cosa, almeno non c'era acqua da vedere, ma era chiaramente l'azione della natura, quei ripidi sentieri di erosione nel terreno.

Non era passata più di mezz'ora e Linna aveva finalmente raggiunto il pianeta oscuro. Era di nuovo riluttante a inviare il segnale. Pensieri intrusivi turbinavano nella sua mente: aveva ucciso cinque persone innocenti nel suo impeto di gelosia e di odio. Non poteva uscire, anche se le sue capacità di pilotaggio erano buone, temeva di rimanere bloccata nello spazio profondo e questo la terrorizzava. Pur avendo percorso qualche migliaio di chilometri, continuava a vedere quella maledetta cortina nera che, per quanto avanzasse verso di essa, continuava a estendersi nel buio più totale. Così, per paura di perdersi, tornò con l'orrore di non poter forse mai lasciare quella zona. Anche se, morire con gli altri, pensò che sarebbe stato molto meglio che perire da sola, così rimase lì a pensare a come dire loro che era successo qualcosa e che era per questo che non era venuta in loro aiuto ore prima...

-Guardate, quella è la grotta", avvertì Tomas entrando, e pochi secondi dopo raggiunsero il fondo della piccola grotta naturale, profonda almeno quindici metri e alta due. Presero posto sul pavimento e cominciarono ad ascoltare ciò che il capitano aveva da dire. Non c'era tempo per il romanticismo e le parole di troppo, era ora di uscire da quel posto il prima possibile.

-Come hai fatto a sopravvivere? - chiese Jeffrey sorpreso, e la stessa domanda riecheggiò intorno a lui, ma sottovoce.

-È una lunga storia", rispose con la sua caratteristica voce roca.

-C'è tempo per ascoltarlo, immagino che tu abbia passato quello che abbiamo passato noi, vero? - Annuì nell'oscurità illuminata da cinque piccole candele disposte in modo uniforme per illuminare meglio l'interno.

-Sì", disse, deglutendo saliva, "va bene, comincerò dall'inizio", mentre una parte della sua squadra, altre due ragazze che erano sopravvissute, apparentemente annuivano. Il loro aspetto era altrettanto cadaverico, probabilmente a causa della scarsa assunzione di cibo e acqua.

- Dodici mesi fa, come forse sapete, eravamo in viaggio verso il pianeta 14 per portare rifornimenti e provviste, in questo caso per qualche mese. Il cargo era a un terzo della sua capacità. Il fatto è che fino a quel momento tutto stava andando bene, un viaggio di routine, ma quando siamo entrati nel limite della zona x, dove c'è un piccolo ammasso di asteroidi, abbiamo visto davanti ai nostri occhi come a poche decine di chilometri davanti a noi la Babel fosse trascinata da qualcosa di invisibile verso il lato sinistro, dove in teoria dovrebbe trovarsi Betelgeuse. Abbiamo cercato di frenare, ma il cruscotto ha iniziato a impazzire e, prima di poter fare retromarcia, siamo stati brutalmente trascinati in quell'area che non conoscevamo. A quel punto, terrorizzati dall'idea di entrare in collisione con un corpo celeste, abbiamo fatto di tutto per far fermare la nave, che però non ha risposto. Dopo ore e ore ci siamo rassegnati a morire, solo per guardare da lontano come la Babel veniva fatta a pezzi dal laconico passaggio di un asteroide. Almeno noi non abbiamo subito quel destino, dico, anche se in verità siamo messi peggio. Qualche tempo dopo siamo arrivati su questo pianeta che sicuramente avete già capito com'è, e per dedurlo non è nemmeno necessario chiedervi perché siete arrivati qui; siete stati trascinati qui, non è vero?

A decine di chilometri dall'ingresso nell'atmosfera i motori si spensero. Stavamo entrando nel pianeta con il terrore che questo significasse morte certa perché saremmo stati fatti a pezzi sulla superficie. Ma grazie al cielo, a metà del viaggio e durante le ultime manovre, due motori risposero, rallentando l'atterraggio che, di per sé, fu terribile. - Disse, salivando e abbassando la testa al solo ricordo di quella scena...

- Dopo un violento atterraggio, fortunatamente la nave non aveva subito danni gravi e irreparabili. In quel momento ci guardammo intorno e osservammo la scena orribile che ci circondava, dove prevaleva una strana oscurità, anche se potevamo guardarci l'un l'altro l'atmosfera era favorevole a far emergere quei terrori primordiali presenti nel nostro DNA. Così, con timore, abbiamo analizzato la composizione atmosferica e, grazie al cielo, alcune funzioni del sistema erano ancora attive. Quando abbiamo visto che i gas erano simili a quelli della Terra, siamo usciti. Come potete vedere, ci siamo già adattati. All'inizio c'erano mal di testa e così via, ma non è più necessario usare i concentratori di ossigeno.

Sapevamo che dovevamo andarcene da lì, anche se l'atmosfera era respirabile, questo mondo non ci dava alcuna sicurezza, anzi, tutto sembrava pericoloso allo stesso modo... Gli ingegneri iniziarono a pieno ritmo a riparare e analizzare tutti i motori, che in teoria potevano essere riparati.

A quel punto l'ingegnere capo ci disse che nella migliore delle ipotesi, se le cose fossero andate bene, tutto sarebbe stato operativo in più di quaranta ore, così, vedendo che questo mondo era a prima vista privo di vita, dissi a due dei miei amici di andare a esplorare un po' in giro, ovviamente senza fare più di qualche metro. Dissi a due miei amici di andare a esplorare un po' in giro, ovviamente senza fare più di qualche metro, ma scoprimmo qualcosa che ci lasciò impietriti - rivelò agli sguardi ferventi di tutti che non dissero nulla... - trovammo una gigantesca nave aliena - quando lo disse, tutti si guardarono sgomenti come per dire: "porca puttana, ma è un dannato film dell'orrore?".

La nave è ancora lì, da dove sono venuti, incastonata in alcune gole del canyon di difficile accesso, ovviamente non siamo riusciti a raggiungerla a causa di quello che è successo. Abbiamo avvistato la nave ad almeno quattrocento metri di distanza, non siamo riusciti a raggiungerla perché era troppo ripida e pericolosa perché si trovava in profondità nel canyon. Ma era grande almeno il doppio della Nostradamus, grigio-metallica come l'argento vivo, con iscrizioni arcaiche e sconosciute. A chiunque appartenesse, quella cosa aveva un'antichità inimmaginabile. Quando lo guardai, rimasi sbalordito, così come i miei due compagni. Mentre escogitavamo un modo per entrare o almeno avvicinarci abbastanza per fotografarla bene, un rumore a ovest attirò la nostra attenzione,

Parl disse che proveniva dall'altro lato della piccola montagna che si stagliava davanti a noi. Con spirito di avventura, in meno di un'ora salimmo sulla cima, che era enorme, anche se era la più piccola del mare di vette immersive che la circondavano. Dalla cima di quell'immensa vetta potevamo vedere il canyon e sicuramente si trattava dello stesso canyon che avete attraversato. - L'orrore gli balenò negli occhi per un attimo, mentre si voltava verso la candela che gli dava un po' di luce e perché lo sgomento nei suoi occhi.

- Quindi anche tu sai cosa è nascosto? - Jeffrey insinuò.

- Sì", rispose seccamente la sua controparte allo sguardo stupito di tutti.

- Poi abbiamo visto quella grotta che incombeva in mezzo a quel pendio roccioso con il suo passato oscuro... per curiosità i miei due compagni ci hanno detto di dare un'occhiata. All'inizio la mia paura dell'ignoto resisteva e non volevo, ma alla fine mi hanno convinto. Maledetto il momento in cui ho accettato. Così, dopo una mezza estenuante salita su un terreno pericoloso che già conoscevate, abbiamo sbirciato all'interno di quell'edificio che c'era, e sì, proprio come sembrava: un'oscurità insondabile. Accendemmo le potenti luci dei nostri caschi e imboccammo il primo sentiero di quel ramo. Quando lo disse, la paura nel cuore della squadra di Jeffrey si accese di nuovo, sapendo che Tomas non aveva preso il sentiero centrale del ramo, ma il primo.

- Nonostante la paura, sapevamo che qualsiasi cosa avesse fatto quei sentieri ingegnosamente scolpiti nella roccia e vecchi di milioni di anni, secondo il nostro amico Zack, indicava che la razza che li aveva fatti era altamente intelligente, così quando abbiamo visto che sapevamo che nonostante il pericolo che esisteva, la ragione ignorava l'eccitazione di scoprire cose che sarebbero state nella voce dei miei amici ; qualcosa di sorprendente e un prima e dopo per la razza umana. Camminammo per non so quanti minuti. Ci fu un momento in cui ci sembrò di perdere la cognizione del tempo. Non c'era nulla ai lati o sul soffitto di quei corridoi, così ci sono stati momenti in cui ho avvertito che era ora di tornare indietro, che non potevamo andare oltre per il pericolo di perderci, anche se stavamo solo avanzando lungo il ramo uno. Mentre stavamo per tornare indietro, davanti ai nostri occhi apparve una stanza colossale, mentre le potenti luci ci mostravano meraviglie di eoni insondabili. Queste erano le parole di Zack, che era il più esperto di geologia e archeologia, sebbene fosse un principiante.

Ricordo le parole che disse: "questa è la meraviglia delle meraviglie". Immediatamente ed estasiato entrò nell'enorme stanza arcaica. Dopo aver detto questo, Jeffrey lo interruppe dicendo: "Hai guardato un trono, non è vero? - Hai guardato un trono, vero? È lo stesso in cui eravamo ore prima.

Non c'era nessun trono", rispose. - La camera in cui entrammo era la principale, si poteva entrare in quelle sottostanti, ma questa era gigantesca, grande almeno due stadi di calcio, e piena di tesori e meraviglie inimmaginabili. Ovviamente il tempo aveva fatto il suo dovere. La polvere aveva preso il sopravvento e le sabbie del tempo attendono sicuramente altri segreti, anche se conservaancora quel misticismo intorno a coloro che l'hanno costruita. Avevo paura di qualcosa, anche se, a dire il vero, secondo le parole di Zack, era stato abbandonato almeno milioni di anni fa, cosa incredibile per le mie orecchie, ma i segni di erosione nella roccia confermavano la storia. Le pareti erano tappezzate di scritte cuneiformi sconosciute che facevano urlare di terrore i nostri cervelli. C'erano disegni e forme di provenienza sconosciuta. Il pavimento era ricoperto di sabbia, anche se con la mia scarpa ho potuto vedere che era ricoperto di terracotta vulcanica arancione non scivolosa. Sul davanti c'erano diverse divisioni come di stanze più piccole, a destra si vedeva una gigantesca sfinge orripilante fatta di roccia o di un materiale non verificato... Eravamo come formiche davanti a quella stanza di oltre venti metri di altezza e dalle pareti colossali in cui convergevano i segni di diverse lingue. Sembrava una sorta di inni e preghiere delle diverse lingue dell'universo. Continuammo ad avanzare davanti a quella colossale opera d'arte, urtando contro oggetti di pietra impregnati della polvere del tempo.

Quando finalmente raggiungemmo un angolo di un enorme muro che ci impediva la vista, potemmo vedere davanti a noi una porta sigillata di dimensioni colossali, forse dieci metri di altezza per otto di larghezza, apparentemente sigillata, ma aperta almeno per farci passare. Al centro di quella porta, impossibile da spostare, c'era un'enorme iscrizione con alcune lettere sconosciute che, se fosse possibile nella nostra lingua, suonerebbe qualcosa come: Murxhu. Siamo entrati da una fessura della porta e io ci sono entrato a malapena, essendo il più robusto, ma con un po' di fatica sono riuscito a entrare.

Quando le luci finalmente combatterono contro l'oscurità abissale, rimanemmo sbalorditi da ciò che c'era in quella stanza piena di teschi di diverse cose che un tempo erano state vive. Era come se in quella stanza nascosta venissero compiuti sacrifici di creature provenienti da tutto l'universo, in particolare dai vari scheletri raccapriccianti che ricoprivano il pavimento lastricato di quella stanza, che anche se era più piccola, era comunque enorme. Lo spazio aperto si estendeva ampiamente e in fondo c'erano circa otto gradini allungati, sui quali si ergeva una statua completamente diversa da quelle sparse e rotte all'ingresso.

Questa statua era alta almeno quattro metri e aveva un volto diabolico che, inutile dirlo, sembrava un abominio, anche se per nostra fortuna pensavamo che fosse fatta di pietra scolpita da un artigiano milioni di anni fa. Improvvisamente Mark si avvicinò troppo alla cosa. Sotto i piedi della sfinge c'erano molti oggetti dall'aspetto tecnologico, risalenti a tempi antichi e di strana fattura.

Forse come offerta dei sudditi alla cosa. Poi Parl osò premere una specie di pulsante sulla roccia accanto alla figura. In quel momento le pareti del fondo cominciarono ad aprirsi. Il terrore mi attanagliò e gridai: "Usciamo di qui". Mentre ci affrettavamo per paura che crollasse e che noi crollassimo, una cosa nera uscì dalla parete che si apriva lentamente e afferrò Zack. Io lo precedevo, cercando di raggiungere il punto in cui eravamo entrati. Quando finalmente riuscii a uscire dalla stretta porta, la cosa malsana afferrò l'altro mio amico dietro di me. Così corsi con tutte le mie forze, barcollando, senza sapere cosa stessi facendo. Il mio cuore batteva a mille. E cavolo, se sono vecchia! Ma per la scarica di adrenalina corsi in meno di due minuti per tutta la strada del ritorno. Per poco non caddi nel vuoto, ma come meglio potei riuscii a raggiungere la nave, ma l'orrore era anche lì. Quando sono arrivato ho visto solo tracce di sangue all'esterno della nave e in quel momento ho pensato di essere l'unico rimasto in vita. Ma poi sono arrivati Liam e le due ragazze e mi hanno detto che erano arrivate delle cose che avevano ucciso e preso i corpi di almeno quattro membri della squadra - mentre finivo di confessare questo, c'è stato un silenzio spaventoso, finché Emily non ha chiesto.

- E suppongo che siano sopravvissuti grazie al cibo, giusto?

- Esatto", annuì.

- Capisco, quindi c'è abbastanza cibo?

- Sì, ci sono almeno due mesi, contando voi. Non c'è acqua, almeno nelle vicinanze, secondo le analisi del nostro robot", disse una ragazza dietro di lui, che era chiaramente un'assistente medica. - Secondo i dati del robot, questo pianeta dovrebbe essere uno dei più antichi dell'universo, in base alle analisi delle rocce che ha fatto... e risalgono a più di 45 miliardi di anni fa, il che è illogico se si considera che l'universo è attualmente stimato intorno ai 14 miliardi di anni.

- È incredibile: si sono sentiti sussurri di sgomento e di stupore.

- Qualunque cosa ci sia in quelle grotte, dove ci sono segreti insondabili, è molto, molto pericolosa", disse Tomas. - Fortunatamente, lei è rimasto illeso.

- Non molto signore, cinque dei miei uomini sono morti", disse Mark addolorato.

- Scusate, dissero alcuni di loro, tra cui Tomas.

- Ora che mi ricordo, qualche ora fa hai detto a Jeffrey che qualcuno ha rubato le sue capsule, giusto?

-Affermativo", rispose il comandante senza commentare quelle sagome incappucciate che osservava a passo irregolare sotto la cima dove erano atterrati. Ma non c'era bisogno di dirlo, quando Tomas continuò: "Devono essere le creature che adorano quella divinità chiamata Murxhu che era iscritta sulla porta del tempio in cui siamo entrati ed era proprio quella creatura di pietra dall'aspetto sinistro. Quello che non vi ho detto è che sono riuscito a portare con me questo medaglione d'argento", aveva confessato, e davanti agli sguardi sgomenti di tutti lo tirò fuori e lo mostrò, dove si poteva osservare l'antichità dell'oggetto diabolico. E su di esso c'erano due orribili creature. Una identica a quella che Jeffrey aveva visto nella prima grotta, e la seconda divinità simile a un essere con tentacoli e un diabolico volto da polipo, ma dall'aspetto mille volte più sinistro.

Tutti fissarono con stupore l'oggetto extraterrestre. Su di esso era inciso lo scontro tra due divinità quando il tempo era giovane. Evidentemente la prima divinità di quel mondo era quel Murxhu; quella cosa diabolica, se così si può chiamare, che si risvegliò da quella caverna quando annientò la maggior parte dei soldati. E la seconda era una divinità sconosciuta che, se ci si sforzasse di usare il linguaggio umano, suonerebbe come Cthulhu. Il medaglione portava il nome graffiato di quest'ultima divinità, come se il vasaio che lo aveva realizzato lo odiasse.

L'altro dio di nome Murxhu si trovava come vincitore in fondo alla battaglia, dove veniva mostrato il suo piede a tre dita con terrificanti artigli che scavavano nella testa del polipo. A quel punto tutto poteva essere vero. O forse si trattava semplicemente di una rappresentazione allegorica, anche se, in verità, qualsiasi cosa avesse attaccato gli umani nella grotta era sinistramente reale e poteva uccidere.

-Non c'è notte in questo posto? -chiese Sandy in modo non specifico, ma ovviamente rivolto a un membro del Nostradamus.

- Nessuno rispose a parole, solo i membri della squadra di Tomas scossero la testa.

- Almeno è una vittoria per tutti", sussurrò Mike.

- Allora capitano, la nave è riparabile o no? - Chiese Jeffrey.

- Sì, ma le ragazze che potevano ripararlo sono state uccise da quelle cose che adorano quell'abominio. Per questo ci nascondiamo in questa zona che, per esperienza, passa in lontananza verso alcune montagne. Possiamo dire che sono creature intelligenti che vengono su questo pianeta di tanto in tanto per portare sacrifici al loro dio", disse, "anche se forse si tratta di congetture perché non abbiamo mai visto le loro navi o i loro manufatti atterrare nelle vicinanze.

- Mi risulta", ha detto Jeffrey, "che questo pianeta sia morto, anche se ci sono strane piante che rendono possibile un'atmosfera respirabile.

- Esatto, amico mio.

- Tomas.

-Dimmi Emily - Possiamo riparare la nave, da quello che ci hai detto, no? - annuì esitante per chiedere: "E dov'è la vostra nave?

- Non lo so, la ragazza al comando non ha risposto, ci sono altri ingegneri al piano di sopra, ma le comunicazioni sono state interrotte ed è per questo che siamo qui... So che quei bastardi hanno preso le nostre capsule e mi chiedo se sospettassero qualcosa della nostra presenza qui", ha aggiunto Emily.

- Non ne sono sicuro, ma forse pensano che siano caduti dal cielo", rispose titubante il comandante Nostradamus.

- Sono esseri razionali", ha commentato Liam, l'assistente di Tomas, "anche se non conosciamo il loro grado di intelligenza, né sappiamo se sono originari di questo luogo.

-Allora non abbiamo altra scelta che riparare la nave", disse Emily, determinata.

- Esatto, ma domani. Secondo la nostra esperienza, a quest'ora queste cose sono attive nel portare i sacrifici sulle montagne. Non sappiamo se quelle cose sono su tutto il terreno, è meglio non rischiare". Non aveva finito di dirlo quando si sentì un forte schianto tutt'intorno, ed era chiaramente il crollo di una nave interstellare che era caduta sulle montagne di fronte a dove erano atterrati ore prima; ed era la Babilonia. Qualcosa aveva fatto crollare la Linna che aspettava in orbita, e sicuramente si trattava di quelle cose che venivano sul pianeta per fare sacrifici alle divinità primordiali, o almeno in rappresentanza di qualunque cosa potessero essere, se mai fossero esistite.

- Avete sentito? Cosa diavolo è stato! - dissero in coro alcune voci mentre uscivano e scrutavano in verticale la catena montuosa sul lato destro che si estendeva in lontananza, ma nulla era distinguibile a causa dell'atroce oscurità.

- Sembra che sia caduto qualcosa", sussurrarono e poi si voltarono a guardarsi.

-Lo so perché dove sono entrato io c'erano strani scheletri di origine sconosciuta, ed è lì che fanno i sacrifici a quella divinità chiamata Murxhu", gridò improvvisamente Tomas in preda a una paranoia controllata, "anche se ci siamo abituati a essere in pericolo. Se quelle cose avessero sempre abitato questo mondo, non saremmo sopravvissuti fino ad oggi", aggiunse, ora più sicuro che quelle sagome umanoidi che si muovevano di tanto in tanto in lontananza provenissero da qualche luogo esterno.

- Allora cosa aspettiamo a riparare la nave?", aggiunse il comandante con lo sguardo perso all'orizzonte dove sicuramente era caduta la Babilonia. Non sarebbe sopravvissuto nulla, pensò, per esporsi a un'altra spedizione e cercare di salvare il relitto. Pensò che molto probabilmente sarebbero stati uccisi all'istante. Nella sua mente sapeva di aver commesso un grave errore entrando in quel mondo. Se solo si fossero voltati e avessero cercato di uscire da quell'oscurità, forse la maggior parte di loro sarebbe stata sana e salva. Invece c'erano già più di dieci morti sulla sua schiena, ed era tutta colpa sua, gli diceva una vocina incessante nella sua testa.

Anche se, a dire il vero, non sapevano con certezza se fosse stata la Babilonia a cadere, ma lo percepivano dentro di sé, perché non c'erano altre navi oltre alla Babilonia, per cui, dopo un po' di riposo, avrebbero iniziato il compito titanico di cercare di riparare i motori della Nostradamus.

Erano i primi a provare un mondo di tale grandezza e di segreti imperscrutabili. Dentro Jeffrey c'erano sentimenti contrastanti. Una parte di lui era in soggezione per le incredibili scoperte che aveva visto, ma un'altra parte di lui aveva un terrore inimmaginabile al pensiero che tutti i suoi compagni fossero morti a causa sua. Una parte di lui sarebbe stata affascinata dall'idea di tornare lì, anche se ritengo che non avesse alcun desiderio di farlo, almeno consciamente. Forse in sogno sarebbe possibile.

Nessuno immaginava che la cosa incisa in modo terrificante sul medaglione fosse reale. Sicuramente si trattava di un abominio demoniaco di portata cosmica, se lo era. Almeno, qualunque cosa fosse nell'esperienza di Tomas, non aveva lasciato la caverna, cioè prima che lui non si svegliasse... perché chiaramente qualcosa aveva profanato quel tempio ed era Tomas, secondo le deduzioni di Jeffrey. O forse, erano semplicemente congetture sbagliate o semplicemente quella cosa che si trovava all'interno di quell'antica costruzione era qualcosa che aveva bisogno di sacrifici. Una creatura antica quanto l'universo stesso, alla pari di Cthulhu, il divoratore di mondi.

E secondo il medaglione di Tomas era inimicato con la divinità primordiale Cthulhu, giunta sulla terra milioni di anni fa. Se fosse vero, staremmo parlando di una coppia di divinità cosmiche che, sebbene siano solo dei miti nell'argomentazione popolare degli umani cabalistici, almeno per Cthulhu si ritiene siano in grado di infliggere la follia e spazzare via la civiltà umana se lo volesse. Ma fortunatamente è imprigionato nella città di R'lyeh. Ma questi erano solo miti umani e chiaramente la maggior parte dell'equipaggio non lo conosceva. Alla fine cosa importa conoscere stupidi miti, direbbero, ma trovare quel nome a migliaia di anni luce di distanza era qualcosa da considerare.

E se si trattava di un mito, allora perché su quel pianeta senza nome, antico quanto l'universo, aleggia il nome di una nuova divinità oscura e primitiva, chiamata Murxhu, che viene vista inimicarsi con il dio primordiale Cthulhu. Probabilmente si trattava di creature universali che si sono affrontate in guerre cosmiche di dimensioni colossali, dove uno dei due ha sicuramente prevalso e ha cacciato il perdente da quella zona oscura. Ma forse non lo sapremo mai. Secondo il mito lovecrafniano, Cthulhu dorme nella città sommersa sotto il mare chiamata R'lyeh. Ma di Murxhu non si sa nulla, solo che, se esiste, è estremamente pericoloso.

Poche ore dopo, la squadra arrivò sul luogo della nave e iniziò a ripararla con tutte le mani sul ponte. C'era una certa speranza nelle menti di tutti, grazie agli ingegneri di Jeffrey che sapevano fare molto bene il loro lavoro. Per quanto riguarda i marines, stavano sorvegliando i fianchi della Babylon da tutte le direzioni, tenendo d'occhio qualsiasi cosa estranea a loro, perché non ci avrebbero pensato due volte ad aprire il fuoco. Anche se, secondo le deduzioni di Tomas, era pericoloso rimanere a lungo in quella zona, dato che stavano andando solo a fare rifornimenti, avevano smesso di farlo dopo aver intravisto delle ombre nelle vicinanze, sicuramente le stesse che avevano ucciso la loro squadra al loro arrivo, più di dodici mesi prima. Ma erano ancora in attesa, era l'unica via d'uscita e avrebbero corso il rischio.

C'era incertezza e morte nell'aria, ma forse era solo a causa dell'adrenalina e delle scene terribili che avevano visto ore prima. Nel complesso furono alcune ore di tensione emotiva, ma quando finalmente tutto cominciò a funzionare, tutti furono felicissimi. Subito dopo, Emily iniziò l'analisi completa del sistema e, se tutto fosse andato bene, sarebbero partiti in meno di un'ora da quel pianeta malsano e maledetto dove incombevano cose inspiegabili.

Ma il destino a volte è così curioso, o meglio la matematica improbabile, che gli eventi positivi si verificano sempre nel bel mezzo del caos. Stavano per terminare l'analisi al computer quando accadde l'impensabile. Da lontano, sopra la montagna, dove alcuni ingegneri e marines stavano osservando, hanno intravisto un branco di cose simili a cani con caratteristiche astratte, stessa locomozione, ma facce orrende simili a cani tindalo, ovviamente mantenendo le loro dimensioni. Da lontano direi che erano alti al massimo come un rottweiler, anche se di velocità incerta. Erano almeno in otto e stavano annusando la piccola piana sassosa dietro la montagna dove erano stati ore prima e fiutando qualcosa. Non c'era uno sguardo sul volto di nessuno che facesse pensare che li stessero cercando, ma chiaramente, a giudicare dal modo frenetico in cui annusavano avanti e indietro in cerchio, stavano cercando qualcosa. Pregavano solo che la cosa malvagia delle tenebre non avesse mandato la sua progenie a dar loro la caccia, era la cosa più logica da fare, a dire il vero. Dalla cima di quella catena montuosa di medie dimensioni, tre marines Bobby e alcuni uomini di Tomas osservavano incessantemente, mentre gli altri stavano di guardia sotto, con l'ingegnere che faceva le ultime analisi all'esterno della nave Nostradamus incagliata in quello che un tempo era stato un fiume dove c'erano poche rocce, ma che era un luogo di sentieri tetri e di oscurità, perfetto per un'imboscata.

-Ragazzi, circa due chilometri più avanti, nella valle di rocce, si possono vedere alcune cose come cani o altro, e stanno venendo nella nostra direzione", gridò un ansioso Bobby, che ormai era esausto dopo essere stato uno dei principali ingegneri a riparare i motori.

- Sentono un certo odore, speriamo che non stiano cacciando", aggiunse un altro marine, e poi Jeffrey, Mark e la compagnia risalirono il pendio di medie dimensioni di forse trenta metri, per guardare in lontananza un piccolo branco di bestie che indubbiamente stavano annusando il loro odore.

- Ehi amico...

-Che cosa sta succedendo con quelle cose? - Tomas rispose attraverso l'interfono accanto a Emily, che stava svolgendo le ultime operazioni di analisi.

-Avete mai visto dei cani o qualcosa che assomigli almeno ai cani nella locomozione?

-No, non abbiamo visto nulla a parte quello che vi ho detto.

-Allora sappiate che un branco di bestie si sta avvicinando in questo momento, anche se spero che non pensino di venire qui.

-Pensavo fosse un'allucinazione", rispose.

-Guardate come camminano! Stanno cacciando", aveva commentato Mark.

-Io gli sparo, signore", domandò uno dei marines, "aspettate! I loro padroni potrebbero arrivare, è meglio aspettare pronti, -Perp armate velocemente l'arma da cecchino nel caso in cui quelle cose non si fermino in fondo al pendio", ordinò, il soldato fece come il suo superiore gli aveva parlato, armò in pochi secondi il fucile calibro .50 452 a 5 colpi e si schierò a pochi metri da loro, aspettando che si avvicinassero.

-Abbiamo coperto quest'area", avvertì Mark, "siamo sufficienti, tenete giù il resto di voi", ordinò agli altri, che sembravano in attesa e un po' terrorizzati e volevano condividere la vista di questi esseri che si stavano avvicinando con intenzioni sicuramente non piacevoli.

-Mio Dio! -esclamò, "Quando non succede una cosa, succede qualcos'altro, stava facendo l'impossibile per finire, anche se non dipendeva tanto da lei quanto dal computer centrale e stava solo controllando con il computer in mano con Luke per assicurarsi che tutto fosse perfetto. Tomas era nelle vicinanze e uno dei suoi assistenti si trovava sul lato sinistro, dove tutti stavano guardando la cima. Pochi minuti dopo, la situazione non mostrava alcun segno di rallentamento, anzi erano determinati a trovare qualsiasi traccia potessero fiutare sul terreno sabbioso e pietroso di quella vasta valle, da una cima all'altra.

-Non perderli di vista, soldato", ribadì qualche metro alla sua sinistra al marine del cecchino, "se avessimo saputo avremmo portato altre armi, ma a quanto pare sono in carne e ossa e non c'è nulla che possa resistere a un 5,56 m16 a bruciapelo. Per il loro bene è meglio che si fermino", ha aggiunto.

-Potrebbero essere quelle cose che ci hanno attaccato lì dentro", disse Bobby al fianco del capitano.

-La cosa che ci ha attaccato laggiù non è quella, ci hai sentito sparare alla cosa che ci ha inseguito nel tempio dove sono morti cinque dei nostri, era una cosa diversa. Quelle cose che ci hanno inseguito sono semplici bestie da caccia, niente di più, ma dall'aspetto molto pericoloso", disse Mark, lasciando l'ingegnere senza risposta.

Gli abomini non si fermarono e alla fine si avvicinarono pericolosamente ai piedi della montagna. A quel punto, se avessero iniziato a correre verso di loro, non sarebbero stati fermati così facilmente come se avessero corso da lontano. Il branco si fermò per qualche istante per seguire le tracce degli umani. Dall'alto potevano vedere i loro occhi rossi pieni incarnati di un rosso malaticcio e grumoso. Non avevano pelliccia, ma una pelle viva che sembrava insanguinata. Anche se forse era naturale per loro e non mostrava che stavano soffrendo. I loro volti erano un abominio di tratti ripugnanti e disgustosi, dove due occhi diabolici erano quasi uniti in uno, anche se separati, senza pupille. Il loro muso era costituito da un'inquietante fila di denti come serrature e da una piccola coda retrattile....

-Sparate", sussurrò Bobby. La vita di tutti dipendeva dalle decisioni del tenente Mark, ogni decisione sbagliata sarebbe costata cara. Erano solo in quattro e in esplosione se avevano la resistenza dei cani di terra, anche se in teoria ne dubitavano, avrebbero dovuto cadere nelle prime esplosioni, ma queste sembravano di gran lunga più terribili. Ma proprio in quel momento il computer emise un forte bip, segnalando che l'analisi era terminata. Suono che queste cose rilevarono e guardarono su per la montagna; e le videro. Mark gridò sopra le sue spalle: entrate subito nella nave. In quel momento Mark ordinò: modalità difensiva al resto dei cinque marines sottostanti, mentre lui e i tre che lo accompagnavano cominciarono a sparare a tutto campo contro le dieci abominevoli bestie che si stavano precipitando verso di loro con diabolica ferocia.

I proiettili cominciarono a colpire, mentre altri rimbalzavano sulle rocce, ma in teoria avrebbero dovuto essere sufficienti a fermarli nei primi venti metri di avanzata, ma non fu così, continuarono a salire in velocità. Nel giro di trenta metri ne stavano cadendo circa quattro, ma era ora di correre o di morire là fuori: andiamo", gridò Mark, mentre l'altro soldato metteva giù il suo fucile di precisione consapevole del pericolo che si stava avvicinando. La nave aveva ancora la rampa d'ingresso aperta, dove Jeffrey e la compagnia stavano terminando la loro scalata. Mark e i soldati iniziarono a salire mentre le bestie in rapido movimento stavano già scendendo dal pendio e gli ultimi dal basso stavano risalendo la rampa, aprendo il fuoco sugli abomini.

Sfortunatamente, una di queste cose è riuscita a saltare dentro prima che l'ingresso fosse chiuso, e una volta dentro ha iniziato a divorare brutalmente un soldato, mentre altri sparavano proiettili incontrollati che rimbalzavano sulla pelle della creatura, ferendo mortalmente alcuni membri della squadra. Alla fine, dopo una feroce battaglia, riuscirono a uccidere la creatura, che rimase inerte nell'area del magazzino. All'esterno, le cose sentirono l'odore del sangue e cominciarono a emettere urla infernali, probabilmente chiamando i loro padroni. All'interno della nave le urla erano incessanti, alcuni ingegneri tra cui Luke, tre marines e i ragazzi di Tomas finirono per morire a causa delle ferite da proiettile e dei graffi provocati dagli artigli della bestia.

-Dannazione", gridò Alexandra in preda al panico mentre cercava di controllarsi, Sandy e gli altri resistevano lasciando l'area pressurizzata dell'equipaggio a quasi un piede dalle scale mobili che portavano al primo piano del Nostradamus.

Non c'era tempo per piangere, era ora di andarsene da lì prima che arrivasse qualcosa di intelligente e li abbattesse come probabilmente era successo al Babylon. I motori cominciarono a girare a pieno regime e pochi secondi dopo i potenti propulsori portarono il Nostradamus in orbita in pochi minuti e da dove si trovavano avrebbero seguito la traiettoria opposta a quella seguita da Linna. In questo caso si sarebbero diretti a nord dalla loro posizione alla massima velocità, cercando di uscire da quell'oscurità sul lato sinistro.

In lontananza, quel mondo pieno di cose terrificanti stava lentamente scomparendo all'orizzonte, ma grazie al cielo riuscirono a uscirne vivi. Il cadavere della bestia stellare è stato immediatamente portato via dalle stelle e dai protocolli è stato gettato nello spazio interstellare per paura che il suo sangue potesse contenere qualche tipo di virus o batterio. I corpi dei loro amici furono portati nella zona di refrigerazione e congelati fino all'arrivo sulla Terra...

Capitolo 9

Dopo circa cinque ore alla massima velocità e immersi nella tenda scura sul lato sinistro, stavano ancora avanzando.

-Grazie Mark", disse Emily, piuttosto ammirata del suo coraggio e di quello dei suoi uomini che, grazie a loro, erano fuori dal mondo. Ormai provava un certo astio nei confronti del capitano che se ne stava tranquillo nella cabina di pilotaggio con Mike e Tomas. Le dottoresse erano con altri marine nell'area dell'equipaggio.

-Non si preoccupi ingegnere, è la cosa normale che chiunque avrebbe fatto.

-Grazie", ribadì mentre le dava un piccolo abbraccio di ringraziamento, che lei non rifiutò.

-Spero che usciremo presto da questa zona, che non ha fine.

-Vedrai che ne usciremo", disse il marine, uscendo dall'area mensa verso il retro dove si trovavano gli altri. Concretamente, erano rimasti solo sei marines: i due medici, Tomas, Jeffrey, Mike, Mark e l'ingegnere Emily. Purtroppo i tre superstiti della squadra di Tomas erano stati uccisi da quelle cose. Ora solo con un po' di fortuna sarebbero usciti da quella zona aberrante e abissale, per poi rientrare nello spazio conosciuto e ritornare sul pianeta 13. A quel tempo non sapevano cosa fosse successo all'equipaggio della miniera sul pianeta 14, anche se ormai non gli importava più di tanto se non volevano salvarsi la vita. Sulla Terra, invece, chiaramente il signor Lak Bey e il suo lacchè Mcmann sapevano benissimo cosa avevano fatto: li avevano uccisi tutti con un'unità di marines perché avevano scoperto l'anomalia molto tempo prima, anche se a questo punto, tre giorni dopo, avrebbero almeno preso sul serio ciò che stava accadendo intorno alla zona x dirigendosi verso il pianeta 14.

Ora, nonostante la sua ambizione per i segreti, Mr Lak Bey non avrebbe avuto altra scelta che avvertire il governo se l'equipaggio babilonese non fosse arrivato entro tre giorni. La scomparsa dei minatori sul Pianeta 14, avrebbero saputo come risolvere il problema inventando qualcosa di assurdo.

-Devo dirvi una cosa", disse Tomas con un tono strano, mentre stava pilotando la nave. Jeffrey, a sinistra, e Mike, dall'altra parte, si voltarono sorpresi da un simile commento.

-Diteci cosa, amico mio", risposero contemporaneamente.

-Non saremmo mai sopravvissuti da soli", ha detto.

-Di cosa stai parlando, Tomas?", esclamò Jeffrey, allargando gli occhi.

-Sai, i miei amici non sono morti ora, probabilmente si stanno svegliando.

-Cosa? -Dissero entrambi allo stesso tempo, e peggio, dopo che Tomas aveva fatto gli occhi incarnati come i cani di Tindalos giù sul pianeta oscuro. A questo punto capirono che Tomas aveva qualcosa che non andava e che non era più lo stesso da tempo, visto l'aspetto inquietantemente strano che stava assumendo. Per quanto volessero muoversi, erano paralizzati da una forza anomala esterna a loro. Potevano solo guardare la loro controparte di un tempo che pronunciava cose sgradevoli come: "Di nuovo sarà stabilito il culto del grande Murxhu, il sovrano del cosmo dal sorgere delle stelle al loro tramonto. In questo momento è sulla nave. - confessò di lasciare l'anima rimasta di Jeffrey terrorizzata, - "E suppongo che tu possa immaginare dove va... è il mio caro amico: nel carico" -.

Quella creatura malvagia e primordiale che li aveva attaccati laggiù era in cima al Nostradamus... e in un momento impreciso aveva posseduto Tomas e la sua squadra. Non era un demone, era chiaramente un'entità biologica di portata cosmica che poteva controllare le menti umane per i propri scopi. Poi Tomas si alzò e disse: "Miei cari amici. Ora il mio maestro Murxhu prenderà il controllo del vostro mondo e si vendicherà dello spregevole Chtulhu e della sua progenie.

-Prima di passare oltre, sapete perché non siete riusciti a uscire dalla zona oscura? Perché è un'altra dimensione che si apre ogni tanto. Non sapete da quanti milioni di anni aspettavamo questo momento, e fortunatamente tutte le stelle si sono allineate. Anche se la nostra tecnologia è morta milioni di anni fa in questo universo eternamente più vecchio, avete risvegliato il grande Murxhu che presto diffonderà il terrore nell'universo da cui provenite e non lascerà alcuna vita dietro di sé. Tutte le creature che erano venute prima erano solo sacrificali e appartenevano alla vostra dimensione. Ma tu eri speciale, ed è proprio nella dimensione che Chtulhu era fuggito e tu con la tua energia hai fatto sì che il nostro dio individuasse il traditore. Il padrone è molto affamato, sono stati i suoi sogni ad annientare i suoi uomini quando hanno osato profanare il suo santuario. È presente fin dalla formazione degli universi e sa tutto. Quando ha sconfitto Chtulhu ha dormito mentre noi lo tenevamo a sognare sacrifici, ma ora si è risvegliato e vuole uscire dal suo corpo nella sua vera forma...

Per continuare...

Grazie